그리운 차벗들

소암 수필집

그리운 차벗들

문지사

책머리에

1994년에 펴낸 산문에세이 『그대는 어디에 있소』 이후 25년 만에 네 번째 에세이를 펴낸다.

그동안 많은 시작품과 사회평론 글을 쓰고 책을 펴내느라 수필은 등한히 해서 늦장 출간인 셈이다. 붓가는 대로 쓴다는 생활수필과 달리 사회성이 있거나 철학적인 사색을 통해 산문에세이가 가능하다고 믿는다. 차이는 있어도 시와 소설이 인간의 원초적 고뇌와 역사, 사회 현실을 담는데 비해 생활수필과 에세이는 주로 자신의 진솔한 이야기를 서술해야 한다는게 나의 수필 문학관이다.

나의 에세이는 짤막한 서정 작품도 있지만 '회상의 열차' ' 백두산 가는 길' '수선화를 찾아서 '에서 보듯이 서사적인 중장편 수필도 있다. 인간사회와 대자연의 느낌에서 오는 대화와 소통, 경험과 체험이 글의 원동력이 되었다.

나의 글 형식과 내용이 최상이라고는 할 수 없으나 나의 사회칼럼과 문학적인 산문을 오랫동안 애호한 독자들을 위해 한 편 두 편씩을 모아 출간하게 되었다.

목판인쇄와 금속활자, 훈민정음을 만들고 발전시키며 인류 최대의 인문학을 집대성한 팔만대장경을 만든 한국불교의 전통이지만 반대로 불립문자와 직지인심의 선종불교 영향으로 언어문자를 부정하고 초월한 한국불교는 근현대에 와서 언어문자를 금기한 탓에 승려들이 세상의 글을 읽고 쓰는 것을 기피했다.

그러한 금기를 깨고 일반사회에 수려한 문장과 맑은 산골샘같은 향기로운 글을 선보인 법정스님의 명문장과 명저들의 영향을 받고 70년대

이후 두 번째로 산문 수필을 쓴 필자의 오랜 문장 수업의 이력을 참고로
밝힌다.

앉아서 지구와 우주를 보고 듣고 관찰하는 첨단정보화시대에
종이책이 무슨 의미가 있을까? 여러번 망설였으나 인류 문명이 문자와
인쇄의 발명으로 시작됐다는 역사를 되새기고 더구나 점토, 목판인쇄를
거쳐 고려 불교문화인 금속활자 발명이 쿠텐베르그의 금속인쇄술과
성경인쇄보급, 르네상스를 촉발시킨 세계의 '인문과학시대'를 열리게 한
계기였음을 한국인으로 무한한 자부심을 느낀다. 물론 아직도 중세 한국이
세계인문과학의 원류임을 모르거나 부정하는 사람이 많은 것도 사실이다.

조선조 5백년의 최고지도자 세종대왕의 불심과 서민 여성 등 사회적
약자들을 위해 만든 문자 발명에 세종은 스승으로 모신 천재어학자
신미대사와 합심해 극비리에 만든 훈민정음 한글 창제의 위업을 이룩했고
금속활자에 버금가는 두 번째의 위대한 문화창조다.

영상문화와 언어문자의 홍수 속에 살고 있는 한국인들에게 인쇄
종이책은 우리 고유의 문화 발명품이라는 긍지를 가질 만하다.

녹음이 짙어지는 눈부신 아름다운 계절, 오월에 또한 유달리 억눌리고
한맺힌 민중들의 고통이 많았던 이 계절을 상기하면서 빛과 그늘이
공존하는 오월에 독자 제현의 꿈과 행운을, 오뉴월의 영령들에게 삼가
명복을 빌며.

2019, 5
윤소암(효선, 구봉)
두 손 모음

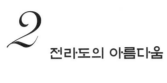

2 전라도의 아름다움

3 백두산 가는 길

4 법정 스님의 눈물

5 장욱진 화백의 화엄세계

1

차와 더불어 세상과 더불어

노들강변 봄바람

노들강변에 봄바람 휘늘어진 가지에다가
무정세월 한 허리를 동여나 매어볼까
푸르런 저기 물만 흘러 흘러서 가노라

한강 다리를 건너며 어릴때 들은 노들강변이 떠올랐다.
1930년대 일반가요로 만든 것을 그 후 국악인들이 민요풍으로
불러 인기가 높았던 노래라고 한다.

나는 어릴때 약장수들이 동네 공터에서 공연하는 날이면
괜히 덩달아 신이 났다 . 약을 팔면서 익살맞는 만담에 폭소를
터뜨렸고, 경기민요를 구성지게 부르는 여성들의 노래를
들으면 무언가 모르게 슬펐다.

뱃노래 양산도 장부타령 그리고 노들강변, 그때는 주로
경기민요가 주 메뉴였고 심청가 홍보가 같은 판소리는 없었다.
가끔 육자배기와 배뱅이굿 수심가를 들을 수 있었다.

아버지는 동네 어른들과 모이면 바둑과 장기를 두셨고 흥이

나면 농부가, 백구가 등을 곧잘 불렀다. 그때의 정겹던 아저씨 약장수들과 노처녀 민요가수들은 어디로 갔을까?

6·25 전쟁 직후 불안하고 춥고 배고픈 시절, 풋풋한 사랑과 싱그러운 인정이 살아있었던 시절이었다.

오백년 도읍지를 필마로 돌아오니
산천은 의구한데 인걸은 간데 없네
어즈버 태평연월이 꿈이런가 하노라

고려말의 명신 길재 야은의 시로 우리에게 익숙한 작품이다. 한강 다리를 거니노라니 노들강과 함께 길재의 시가 문득 생각났다.

경상도 사람으로 20대 초에 서울에서 승려 몸으로 대학을 가기 위해 상경했으나, 몸도 약하고 도와주는 사람도, 도움 받는 방법도 모르던 시절, 이리저리 학원에 다닌답시고 문학서적만 탐닉했다. 또 공부는 안 하고 유명한 작가 시인을 찾아다니기를 매우 즐겼다. 요즘으로 치면 집단교육보다는 개인교습과 청강, 인터뷰 형식으로 묻고 듣고 생각하는 자유방식이다. 그때의 고승들과 유명 문인 학자들을 찾아서 나는 일생 동안 인맥을 쌓았다기보다 그분들로부터 엄청난 인생

공부의 내공을 쌓았다. 자랑인지 고백인지 모르지만.

물론 수천수만 권의 독서도 큰 힘이 되었으나 간판보다 사람을 더 좋아한 덕분에 살아있는 공부를 한 것이 아닐까 생각한다. 요즘 고학력자들이 거의 교과서와 학교에서 배운 것만으로 학위를 따고 전문학자가 되어서인지 자기 전공 외에는 문외한이 많은데, 나는 수많은 장르에 걸쳐 읽고 보고 듣다보니 웬만한 학자보다 주장이 강하고 박학다식하다는 말을 듣는다. 아는 게 힘이라 하지만 학위가 없으니 현실적으로 도움이 안 되는 데도 말이다. 어느 대학을 나왔느냐고 물으면 전통학문학습과 연구 과정이 전부라고 하고, 어떤 때는 무학이라 답한다. 배운 게 없는 것도 되고 더 배울 것이 없다는 말도 되는데 대부분의 사람은 대학을 못 나온 사람 정도로 생각하는 것 같다. 그래도 나는 기죽지 않고 펄펄 살아 오늘까지 버티고 있다.

문학 음악 미술 등의 예술과 언론인들과의 교류는 내가 문학과 각종 인문학, 불교, 그리고 글쓰기에 큰 영향을 미쳤다. 영화도 소위 명화라고 말하는 명화는 안 본 게 없어 언젠가 영화 수필이나 영화 산문집을 한 권 내고 싶다.

봄바람이 부드럽게 살갗을 스치고 햇살은 아직 따갑지도 차갑지도 않은 알맞은 날씨다.

여의도를 돌아보며 벽 한 면을 장식한 대통령 후보들의
대형가림막을 보며 돌아오는 길, 6070년대의 광나루 뚝섬
봉은사 여의도가 불현듯 떠올랐다. 사당동 언덕에서 보면 멀리
앞에는 과천의 촌집들이 아스라하게 평화로웠고 뒤돌아보면
멀리 말죽거리가 보였다.

곧 정권 교체가 이루어지고 정의의 사도가 국정을 맡을
것이다. 정한이 깊은 이 민족에게 영원한 평화와 행복이
깃들기를 바라는 마음이다. 찬란한 5백년 역사의 고려 흥망이나
비극으로 점철된 슬픈 조선과 근현대사 백년의 세월과 갈등을
넘어 한반도 전체의 평화를 희구해 본다.

북핵도 미폭격도 다같이 있을 수도 있어서도 안 된다 .

한강에서 경기민요가 들리고 평양에서 태평가가 울리며
영남의 멋진 춤, 호남의 흥과 한의 판소리, 한마당 풍류가
환희의 생명 축제인 이 오월에 가득하기를 염원한다 .

덧없는 인생과 세월, 짧은 봄밤을 슬퍼하며 그립고 애틋한
어릴때의 고향, 부모형제와 벗들을 생각하면서 신록이 우거진
여름날의 강렬한 태양 에너지와 낭만, 씩씩하고 당당한 젊은
날의 피와 땀과 꿈을 도화지에 그린다.

*

차와 더불어 세상과 더불어

내가 처음으로 차를 마셔본 것은 60년대 초 봄이었다. 부산의 유서 깊은 절. 원효대사가 창건한 이 절은 근세 도인 해월海月 선사가 주석한 곳이며, 한국불교의 계율을 계승한 석암 스님이 주지로 계시던 선암사에서였다.

앞마당에는 수백 년 묵은 은행나무가 하늘을 찌를 듯 우뚝 서 있고, 뒷섬에는 역시 3. 4백년의 오래 된 동백나무가 겨울이 되면 붉은 자태를 뽐내는 아름답고 고색창연한 절이다.

봄, 가을엔 소풍온 학생들로 붐볐고, 여름에는 법당 앞의 파초가 무더위를 식혀 주었다. 주지 석암 스님은 율사답게 언행이 분명하고 엄격한 내면의 소유자이면서 대중들에게는 늘 온화하고 자상한 어른으로 존경을 받는 분이었다.

지난 세월을 돌이켜 보면 내가 가르침을 받은 큰스님들이 무척 많았는데, 석암스님은 어린 나에게 첫 번째로 깊은 영향을 준 스승이다.

그분은 법상에 오르면 대중들에게 감동을 주는 명법사요,

염불을 하면 잔잔하고 위엄 있는 목소리로 듣는 이로 하여금 종교적 신심을 더욱 굳건하게 해주셨다. 약간 구부정한 몸짓의 가부장적인 그 어른은 대중의 살림살이를 챙기는데 열성을 다하셨다.

당신이 황해도 구월산에서 중이 되어 공부하던 이야기, 어느 스님이 어떻게 공부해서 성취했다는, 옛부터 절집에서 내려오던 구전설화를 풍부하게 구수한 입담으로 말하기를 즐기셨다.

대중방의 공식 석상에서는 위엄과 위의로 격을 갖췄지만, 격이 필요 없는 자리에서는 해학과 유머가 넘치는 그야말로 소탈한 인간미가 풍부하셨다.

그 자신 수행보다 사판에 가까우면서도 참선 간경하는 수도승을 존경하고 좋아했다. 불교와 사찰 운영의 목적은 스님들이 공부 잘해서 견성성불 하는 도인이 나오게 하는 것이라며 평생 신도 교화에 몸바친 원력보살이셨다.

나는 세속 인연이 박약했던 탓인지 육친과 시대와의 불화 끝에 어린 나이에 세속을 등지고 산에 들어 고독하고 고된 수도자의 길에 들어섰지만 청정하고 절도 있는 도량에서 지혜롭고 자비로운 스승, 선배들을 만남으로써 나 자신의 갈등과 불화를 해소시킬 수 있었다.

오랜 세월이 지난 지금에 이르러서도 자신을 추스리고

세상을 돌아보는 인내와 관조의 힘을 기를 수 있었으니 말이다.

나이를 먹은 탓인지 미래의 꿈보다는 지난 세월의 이야기를 즐겨 하게 되었는데, 독자들이 답답함을 느끼지 않을지 모르겠다.

아무튼 무척 외로웠지만 깨끗하고 기품 있는 도량에서 위엄과 자비의 덕성을 두루 지닌 여러 어른들과의 만남은 청복淸福이었고 선근인연善根因緣이 아닐 수 없었다.

1년 간의 고된 수련 끝에 시미승이 된 나의 첫 소임은 다각茶角으로 대중 스님들이 마시는 차를 끓이는 직책인데 주로 점심 공양 후 하루 한 번 정도였고, 간혹 제를 지내거나 용맹정진 때 차를 대접했다.

그때는 녹차가 귀했던 시절이라 결명자, 생강차, 한약재 차를 많이 끓여내었다. 한번은 주지 스님이 작설을 주면서 끓여 오라고 했다. 녹차가 처음이었으므로 예의 탕차처럼 뜨거운 물로 녹차를 끓여서 내왔더니 주지 스님이 보고서는 웃으면서 야단을 치시는 게 아닌가. 물론 맛이 쓰고 떫었으나 스님들이 한 잔씩은 마셨기 때문에 홍안 소년승의 무안이 감소될 수 있었다.

차문화의 명맥이 겨우 유지되던 절집에서조차 녹차를 흔하게 마실 수 없던 그때와 지금을 비교하면 금석지감이 든다.

차의 종류도 많아지고 대중화된 것은 무척 반갑고

다행스러운 일이다. 다만 수도승들이 잠을 쫓고 망상번뇌의 불을 끄기 위해 애용한다면 일반 대중들은 건강을 위해 마시는 듯하다.

요즘 '다도茶道'라는 말을 보통 쓰는데 이 말에 대해 여러가지 말들이 많다. 다도란 말의 뜻을 아직 잘 이해 못하고 있거나 정립이 안 된 탓인지 모르겠다.

결론적으로 말하면 다도란 차의 정신이고 목적이며 차 마시는 법도와 방법. 곧 행다법行茶法과는 다른 뜻이라 본다. '어떻게 마시는가?'고 할 때 행다법이라 하고, '왜 마시느냐?'고 할 때 차를 마시는 목적이 성립된다.

건강을 위해서 잠을 쫓기 위해 음식 소화를 위해 오염 물질을 제거하기 위해 수양의 방편으로 마시는 것도 차 마시는 목적이고 좋은 일에 틀림없다.

다도의 지향하는 가장 높은 경지는 인격 완성이고 인간성 회복이라 할 수 있다. 차 한 두 잔 마시는 것을 갈증을 해소하는 정도로 이해하는 것은 예부터 내려온 전통 문화의 진수를 모르는 것이다.

수천 년 동안 이어 내려온 차문화를 대수롭게 여기는 태도는 그냥 얻어 마시는 차객茶客일 뿐이지, 주체적 삶의 주인인 차주인茶主人은 못 되는 것이다.

임제臨濟 선사가 말한 수처작주隨處作主 입처개진立處皆眞의
"처해 있는 곳을 따라 주인이 되면 서 있는 자리마다 참되다"는
사상을 어떤 자리에서건 항상 주인의 입장이 되라는 뜻으로
주체적 삶의 참사람인 다도정신과 부합된다 하겠다.

조주趙州 선사의 끽다거喫茶去 또한 누구에게나 불도佛道의
길이 열려 있다는 뜻으로 누가 오던지 차 한 잔을 권하는
평등사상이며 대도무문大道無門의 화합정신이다.

예부터 차는 수도승들의 애용물이었고, 특히 차는 선禪
사상을 만나고부터 심원한 사상이 되었다.

흔히 차와 술문화를 비교할 때 차는 탈속적이며
명상적이어서 불교, 도교사상과 깊은 관계가 있으나 술은
세속적이어서 인간 세상의 부귀영화와 관계가 있는 정치적,
유교적인 문화라 할 수 있다.

그리하여 차는 정서적, 종교적, 예술적인
무위사상無爲思想이며, 술은 감정적 정치적 인간적
유위사상有爲思想이다.

차는 우리 민족 및 중화 민족의 기원인 삼황오제三皇五帝 중의
신농神農이 백가지 풀의 으뜸으로 쳤다는 영목靈木인 것이다.

신농이 처음 발견하고 재배법을 가르쳤다는 쌀농사와
차농사는 지금도 중국에서는 물론 세계최대의 농산물이다.

당唐의 육우陸羽가 저술한 『다경茶經』이 최초로 차의 재배, 감별, 제조 효능에 관해서 서술했다면 그 후 선원의 역대 선사, 도인들로부터 차의 풍부한 이념과 사상이 전개되었고 다도茶道라는 말이 성립되었다.

문헌에서 보이는 다도란 말은 중국 항주杭州 경산사徑山寺의 스님들이 처음 사용했다고 전한다.

우리나라 역시 신라의 충담, 월명 스님, 원효, 최치원 등 화랑도와 불교도들이 숭상했으며, 고려 왕실과 사원에서 주로 마셨다. 이규보·이색·정몽주 같은 탈속한 선비들과 문장가들도 차를 즐겼다.

조선 시대에는 유교를 숭상하는 도덕정치를 지배 이데올로기를 삼았으나 상대적으로 경제, 종교 문화정책이 빈곤했던 탓으로 백성들의 삶의 질과 양이 모두가 저하되었다. 거기에 지방 관료들의 가렴주구로 인하여 차농가들로 하여금 차생산을 포기하게 만들었다.

동양문화의 진수요, 우리 문화의 뿌리인 다도가 오랜 역사의 단절을 경험하고 사찰에서 근근이 이어온 맥을 부흥시키고 대중화한 것은 일본의 다도문화와 최범술 스님 덕이었다.

해방 후 다솔사 최범술 스님은 사라져 가는 국학과

문화전통을 세운 분으로 차문화에 깊은 조예와 이론을
정립했다.

　제례의식과 국가의 대소사 행사에 썼던 차는 이제 전 국민의
애용물이 되었다. 아직까지 커피, 양주 등 외래 음료에 크게
못 미치지만, 오염물질을 제거하고 심신을 맑게 하는데 차가
최고라는 인식이 널리 퍼지고 있음은 무척 다행스런 일이다.

　절집에서는 예전부터 차를 수도자의 필수품으로 여길뿐
아니라 종교의식에 늘 쓰고 있다.

　내 이제 맑고 깨끗한 물로 아름다운 감로차 만들어
　부처님 전에 받들어 올리옵나니 원컨데 어여삐 받아들여
주시옵소서
　　我今淸淨水아금청정수 變爲甘露茶변위감로다
　　奉獻三寶前봉헌삼보전 願垂哀納受원수애납수

　청정한 작설차가 능히 모든 병과 어둠을 물리치나니
　오직 중생들을 지켜주시기를 원컨데 어여삐 받아들여
주시옵소서
　　淸淨茗茶藥청정명다약 能除病昏沈능제병혼침
　　唯冀擁護衆유기옹호중 願垂哀納受원수애납수

산사람을 위한 불공만이 아니라 죽은 이를 위한 천도
재의식에도 보인다.

백가지 풀 가운데 한 맛이 뛰어나 조수가 늘 대중들에게
권해 돌솥에 깊은 강물을 달여 내었나니 원컨데 저 망령들
괴로움 없애소서

百草林中一味新^{백초임중일미신} 趙州常勸幾千人^{조주상권기천인}
烹將石鼎江心水^{팽장석정강심수} 願使亡靈歇苦輪^{원사망령헐고륜}

이런 차계송들은 불공의식 전편에서 두루 볼 수 있다.
나는 서산대사의 차시들을 대단히 좋아한다. 나라를 걱정하고
백성들을 항상 사랑하는 시, 달과 꽃, 나무, 계절의 변화와
자연예찬, 인간사의 덧없음을 담담히 읊은 시, 참선 중 마음에
일어나는 경계 등을 읊은 시는 전부 선시^{禪詩}이고 차시^{茶詩}이며
시문학의 백미이다.

우리는 서산대사나 사명대사가 우국충절이 넘치는
도승들로만 알고 있는 바 그분들은 또한 시, 그림, 문장에도
조예가 깊은 차인^{茶人}들이다. 차공부, 참선공부, 문학, 역사
공부를 하는 이들은 꼭 한두 번쯤 서산대사와 사명대사의 글과
시들을 음미한다면 큰 도움이 될 것이다.

조선조 말 추사, 다산과 삼절윤三節闡인 초의선사는 시, 서,
화, 건축에 조예가 깊은 고승으로서, 다도는 일세를 풍미했고
다신전茶神傳, 동다송東茶頌 등의 역작으로 차의 정신을 후세에
길이 남겼다. 차는 이처럼 예절과 법도 문화예술과 인간 정신을
고양시키는 매개체로서 높은 가치관을 갖게 해준다.

　　차문화, 다도를 제대로 인식한다면 형식에 치우치지 않는
삶의 질과 중심에 눈 뜰 것이다. 외래문화와 사이버 전자문화의
홍수 속에 살고 있는 이때 주체적인 건강한 우리 문화로
정착되도록 차인들의 내실 있는 노력과 진지하고 겸손한 자세가
요구되며 문화정책 차원에서 획기적인 배려가 있어야 할 것이다.

＊

히말라야 편지
– 산의 명상

　　지구의 오존층 파괴와 대기오염은 사계절이 분명했던
한국을 이제 영향권 밖으로 놔두지 않는 것 같습니다.

　　어릴 때 기억으로 겨울이 겨울다워서 분명 삼한사온이
있었고, 눈도 많이 왔었으며 여름 불볕 더위가 있었으나, 또한
장마가 한 달간 계속되었습니다.

　　지루한 장마가 그칠 때쯤 하늘에 뭉게구름이 일고 석양의
저녁놀이 환상적일 만큼 아름다웠지요. 비와 바람, 더위와
추위가 순조로워 절기를 예측하면서 농사를 지었는데, 지금은
이상기후로 자연의 법도가 깨어져서 도무지 종잡을 수 없지
않습니까.

　　이상기후와 지구의 온난화로 한국뿐 아니라 전 세계가
몸살을 앓고 있습니다. 곳곳의 재해에 충분히 대처하고
있습니다만, 과학 문명에 대한 인간의 지나친 맹신이 자연 혹은
'신의 징벌'을 초래하고 있는 것은 아닐런지요.

이곳 다람살라는 500킬로 떨어진 뉴델리와는 기후와
공기가 큰 차이납니다. 아시아나 항공으로 직항해서 사흘,
머무른 델리는 낮에 뜨거워서 다니기가 힘들었고 공기도
탁했습니다. 거의 디젤을 쓰므로 인도 도시들은 대기오염이
심한 편입니다.

야간버스로 13시간 달려 아침에 도착한 다람살라는 거대한
산에 둘러싸인 시골 마을로 숨이 탁 틔었습니다.

아침저녁 명상과 독서하는 틈틈이 산길을 산책합니다.
앞에는 다람살라의 넓은 평원이 아득히 펼쳐져 있고 고개를
돌리면 가깝게 해발 2800미터의 트리운산이 솟아있습니다.

그 뒤로는 겹겹이 4600미터의 문픽봉과 5200미터의
다울라다르산맥이 병풍을 치고 있습니다.

만주나 한반도의 모든 산들이 백두대간과 연결되지 않음이
없듯이 여기 눈 덮인 산들은 히말라야산맥의 줄기와 통하지
않음이 없어 신비롭습니다.

기왕 산 이야기가 나왔으니 계속할까 합니다. 한국인들은
보통 눈에 안 띄는 과정보다는 눈에 드러나는 결과에 집착하는
경향이 강한데, 에베레스트를 포함한 이름난 산들만 알고
나머지는 잘 모릅니다.

여기에서 보는 히말라야산맥은 너무나 위대한 '여신의

실체', 바로 그것입니다. 한 예로 다람살라가 속해 있는 히마찰 프라데쉬 주에 있는 히말라야산만 하더라도 높이 5000미터가 넘는 봉우리가 무려 136개에 달합니다. 한라 지리 백두산 같은 2000미터급 작은 산들은 도대체 몇 천 몇 만개가 되는지 모릅니다.

이렇게 말하면 자존심 강한 한국 사람들은 대개 기분이 언짢을 수도 있겠습니다만, 성급하게 결론을 내리지 않기를 바랍니다. 나중에 기회가 있으면 좀 더 상세히 말씀드리기로 하고 우선 제 견해로는 이러합니다.

히말라야가 세계의 지붕이라 일컬어지는 이유 중의 하나는 높이도 최고이지만 방대한 넓이입니다. 동서 300킬로, 남북 2500킬로라는 엄청난 길이입니다. 그러니까 히말라야의 남쪽 끝에 다람살라의 주가 있고 국적은 다르지만, 우리의 백두산은 또 수만 킬로를 달려 동분에 위치한다고 보면 결국 히말라야에서 백두산으로 뻗어 나갔다고 하겠습니다. 더욱이 히말라야산맥에 자리잡은 많은 고대국가들, 북인도 중앙아시아 티베트 네팔 부탄 시킴 카슈미르 라다크 사람들의 대부분은 우리와 비슷한 몽골 인종으로 문화 지리 역사 심지어 언어까지도 깊은 연관이 있습니다.

저는 보통 한국인들을 백두산 민족이나 동북아 민족이라고

합니다만, 크게 보면 히말라야 민족이라고 해도 무방할 것이라
생각합니다.

그렇지 않으면 역사가 생기기 이전에 형성되었던 모든
방면에서 이 너무나 똑같이 닮은 현상을 어떻게 설명할 방도가
없을 것 같습니다. 저는 이곳에서 인류 역사의 시원과 민족의
동질성을 강하게 느낍니다.

몇 해 전에 다녀온 시베리아와 중앙아시아 대초원에서
느꼈던 강렬한 감정처럼 또 하나의 장엄하고 심오한 무게를
느끼고 있습니다.

＊

초록빛 바다, 핏빛 산하

노고지리 청보리밭에서 솟구쳐 울고 한 차례 봄꽃들이 화사하게 피었다가 진 자리 오뉴월의 초록이 산야를 뒤덮는다.

초목은 싱싱하게 자라고 한낮의 뙤약볕에 그을린 농부들이 보기 좋은 계절, 기억의 저편에서 낡은 사전첩을 들여다보면 오뉴월은 일년 중 햇볕이 티없이 밝고 청순한 소녀의 모습으로 다가온다.

바지를 걷어붙이고 논에 들어가 한참 동안 웅크렸다 일어서면, 어느새 거머리가 찰싹 달라붙어 피를 빤다. 피빛 다리를 보고 소스라치게 놀라던 시절. 며칠 후 찰박찰박하게 물이 찬 모심은 논둑을 걸어가면 맹꽁이 개구려 소리가 요란하게 울어댔다.

봄은 소리 없이 지나가 버리고 무더위는 아직 오지 않은 초여름. 해는 길고 보리고개로 허기진 배를 움켜잡고 넘어가기에 사람들은 너도 나도 힘들어 했다.

어린 시절 나는 생활의 궁핍을 모르고 자랐으나 부모의

따스한 사랑을 느끼지 못했기에 이웃과 세상이 싸늘함과
슬픔으로 가득 차 보였다.

　허무를 이기지 못한 나는 그 길로 산에 들어가 중이
되었으나 부모 형제 피붙이의 그리움과 속세의 정을 잊기에는
오랜 세월이 걸렸다.

　사십 년이 다 된 지금 부처와 중생이 둘이 아니요, 산중과
세속이 둘이 아님을 믿는다. 아니, 둘이 아닌 붙이법不二法을
사무치게 체험하고 깨닫는다.

　산중 절집에서 지낼 무렵에는 번뇌망상이 치열하여 사람
냄새를 그리워했으나, 이제는 거꾸로 산중의 부처님과 고요한
절집, 맑은 계곡이 있는, 그것도 오뉴월의 소쩍새 울고 복분자
따 먹는 산중이 늘 그립다.

　산중도 옛날 산중답지 않다. 산새 지저귀고 녹음이 우거진
오솔길을 즐겨 산책하고 사색하던 평상의 공간이기보다 속세와
다름없어 시끌벅적하고 온갖 잡것들로 들어찼다.

　수도 도량이 아닌 국민 관광지로, 환락가로 혹은
레저시설로 변한 지가 오래 되었다.

　일주문 앞이 아니라 법당 앞에 자동차가 들어가는 것은
예삿일이고 산중 주인인 수도승까지 편리함에 길들여져 도량
본래의 청정함과 경건, 엄숙미가 깨어져 버렸다.

주인이 주인 노릇을 제대로 못 하게 되자, 객이 주인 노릇 하겠다고 덤비는 꼴을 여기저기에서 목격한다.

콘도. 호텔 건설에 골프장, 케이블 카, 상가 지역과 아파트까지 절 주위로, 절문 앞뒤로까지 바짝 파고든다.

2천년 장구한 역사 속에서 장엄한 도량, 오염되지 않은 자연, 찬란한 문화재를 만들고 가꾸어 왔으나 오늘날에는 한 순간 차길을 내어 자연을 파괴하는가 하면 큰 건물을 짓기 위해 도량을 마구 훼손한다.

창조는 오래 걸리나 파괴는 잠깐이다. 속세 역시 예전 속세가 아니다. 개울가에 멱감고 청정수가 넘쳐 흐르듯 인정의 샘이 풍부했던 시절은 가버렸고, 이제는 온통 오탁악세五濁惡世의 오염이 천지를 뒤덮고 있다. 헛된 욕망과 사악한 범죄의 동물적인 삶.

창포로 머리감고 단오절에 갑사댕기 휘날리며 그네 뛰던 갑순이, 씨름놀이 하던 갑돌이들은 어디 갔을까. 일년 중 가장 빛나는 오뉴월은 그래서 슬픈 계절이다.

＊

초록빛 바다, 핏빛 산하

무능함과 소박함으로

흔히 시는 청춘의 감성이 가장 풍부할 십대에 꽃 피워야
하고 그래서 십대나 늦어도 이십대에 시인이 되어야 한다고
말한다.

그렇게 본다면 나는 사십을 넘어 시를 쓰고 시집을
내었으니 정상적인 시인이랄 수도 없고 어쩌면 시인 자격마저도
의심스러운 불행한 시인일지 모른다.

시를 쓰기에 적합한 좋은 때를 놓쳤고 감성이 무딘,
현실적인 속물 연령인 사십대에 시인이라는 이름을 달게
되었으니 말이다.

돌이켜보면 나의 삶처럼 못난 지각 인생은 없을 것이다.

어릴 때부터 부모 형제의 따스한 사랑을 모르고 고독하게
성장했으니 그렇고, 중학교를 다니다가 어린 나이의 생기발랄한
청춘의 꽃을 피울 때에 어울리지 않게 어쩌면 그렇게 세상이
허무하게 느껴졌는지 절로 들어가 고행수도의 길을 선택한 것이
그러하다. 그리고 50대가 넘은 여태까지 남의 이목을 끌만한

영광스럽고 화려한 삶이 없이 그리 그런 있는 듯 없는 듯 물과 공기처럼 나무나 풀과 같이 살아왔다.

입산 후 사오년 만인 십대 후반 나를 잡아줄 스승이 있어서 학문과 수행을 계속 연마했어야 하나 그때 이미 자유인이 된 나는 산중과 도시를 넘나들고 인간과 자연을 편력하는 끝없는 방랑 생활에 접어들었다.

청순한 예닐곱 소녀와의 첫사랑도 감정의 표현이 미숙한 나로서 벅찬 일로 느껴져 결국 실패하고 말았다. 지금의 나에게 젊은 베르테르의 슬픔처럼 생각나는 이성간의 추억이 더러 있다.

그 뒤 거제도에서 받은 봉변으로 군대에 가기를 강요받았으나 몸과 마음이 쇠약해 있던 나를 군의관은 소집면제와 아울러 절로 돌아가 수도할 것을 권유받았으니 군대 못 간 못난이가 또 되었다.

그렇게 이십대 후반까지 아무 걸림 없이 통제 없이 이 산중에서 저 산중으로 일년에 열두 번씩 옮겨다니며 자연을 벗삼고 많은 인간 군상들을 만나 보았다.

1960년 중반부터 70년대 중반쯤 해서 만나본 시인 작가들 가운데 조지훈 박목월 시인, 소설가 유주현. 언론인 오종식 등이 있다. 이분들은 훗날 내가 시와 각종 산문을 쓰게 되었을 때

무능함과 소박함으로

깊은 영향을 받은 분들이다.

　세월이 한참 흐른 뒤에 만난 이병주 김동리 김광균 서정주
구상 김남주 고은 신경림 요산과 향파 정공채 오혜령 해인수녀
박경리 이형기 김규태 허만하 등은 현재의 나의 삶과 문학을
반추하는 스승이며 벗들이다.

　나는 승려 시인으로서 또한 사회운동가로서 뛰어난
활동이나 업적이 없으므로 일반에 크게 알려진 적이 없다.
사실은 불교계의 개혁이론가요, 민주화 통일운동의 이른바
운동권 승려 제1호인데도 말이다.

　사십년 승려 생활의 경력이라면 큰절의 주지와 수많은 신도
제자들을 거느릴 수도 있겠지만 천성이 부족하고 능력이 무딘
나로서는 머물지 않는 길 위의 구도자일 뿐이다.

　지금쯤 정신과 육신의 정착 생활을 할 때도 즐길 때도
되었건만 박복하고 처세의 지혜가 없어서인지 산중과 세속,
성聖과 범凡 사이를 오고 가고 있다. 그러나 세상에 복 없고
불운한 시인이 나 뿐이던가. 김시습과 한용운, 허균과 난설헌
남매 바이런과 톨스토이, 태백과 사마천, 다산과 추사,
윤동주와 김남주는 어떠했던가.

　위대한 시인 혁명가들과 견준다는 건 무리한 일이나 그런
분들을 생각하면 나의 삶과 문학이 위안을 얻게 되고 힘이

솟으며 때로는 새로운 영감으로 다가서게 된다.

　가야산 상봉이
　붉은 연꽃으로 피어오른다.
　저기 신선이 머물다 간 곳
　옥황상제에게 벌 받은 옥녀는
　아직도 베를 짜고
　밤의 돌부처는 입을 열어 이야기한다.
　목신木神이 울고 죽은 호랑이 다시 살아나면
　동짓날 비수 같은 초승달이
　잣나무에 걸려 오도가도 못한다.
　경허, 한암선사는 어디 계시는가
　찬 서리만 고요해.

졸시 '수도암'이다. 1980년대 선시禪詩 바람을 일으킨 대표적 시의 하나로 사십년 전의 십대 나이에 겪은 수도 생활을 체험한 작품으로 나의 시 정신과 삶의 지침으로 삼고 있다.

＊

영원한 자유인 금당거사님께

−정행검덕을 실천한 정통차인

평생 차를 즐겨 마시며 담소를 나누시던 격식없이 소탈한 모습의 거사님을 가끔 떠올립니다. 거사님이 차문화의 큰스승으로서, 그리고 엄격했던 부친이 함께 생각나는 것은 왜 일까요.

휠씬 오래 전에 별세한 부친과 '백세장수'하신 거사님의 연세가 비슷하고 생전 삶의 길이 달랐음에도 두 분을 연상하는 것은, 아마도 같은 동시대를 살으신 공통점 때문이겠지요.

조선조말의 대변혁기와 한일합병, 일제강점기의 엄혹한 고통을 겪으시고 광복 이후 전환기의 시대에 참혹한 전쟁의 비극과 간난, 정치 사회 혼란기를 몸소 체험하신 세대들의 아픔일 것입니다.

거사님과 짧은 삶을 사신 부친의 공통점이 또 있다면, 그 어떤 사나운 폭풍이 불고 천지개벽할 일이 일어나도 두 분은 한결같이 의연하셨다는 점입니다. 마음속으로는 깊은 고뇌와

근심 걱정이 많았겠으나 겉으로 표출해 감정을 토로하지 않으신
것이지요. 생전의 부친은 가족과는 별 말씀이 없는 분이나
멀고 가까운 오랜 친구들과는 소통하기를 마다하지 않으셨듯
거사님도 생전 지인들과 차를 마시며 차와 인생 이야기를
즐기셨고, 자식 연배인 저와는 세상 이야기를 서로 묻고
화답하기를 즐겼습니다.

　　선불교와 동양 삼국의 문화에 조예가 깊으신 거사님은 평생
차와 도자기를 가까이 하셨고, 전국 사찰의 덕 높은 고승들과의
교류를 통해 더 높은 경지의 다도를 실천하신 선구자로
기억합니다.

　　광복 이후 잃어버린 우리의 차문화를 중흥한
항일운동가이며, 원효사상가인 효당 최범술 스님을 위시해 응송
성철 법정 일타 석정 능가 스님과 친교하셨고, 전국의 수많은
지식인들과 친분을 맺으신 것으로 거사님의 넓은 학식과 도량을
짐작케 합니다.

　　일본에서 신문물의 교육과 다도를 익히신 뒤 본업인
건축업에 종사하시며 틈틈이 중국과 한국 일본의 차문화 역사에
심취하시고 연구와 강의로 제자들을 가르치신 업적과 자취는
이제 전설로 남았습니다.

　　금당거사님, 생명의 차, 영혼의 차, 선종의 마음을 다스리는

한 잔의 차인, '정행검덕'의 다도를 이룩하신 '금당차'의
정신세계는 세속적인 명리를 초월해 후학들에게 영원한
차문화의 귀감이 되고 있습니다 .

거사님과의 첫 만남은 1970년 초로 거슬러 올라 갑니다.
당시 부산 광복동에 '고려민예점'을 열고 계실때였지요.
같이 동행한 분과 함께 인사드렸을 때 저는 약간 놀랐던
기억이 생생합니다. 당시 민선 도지사를 지냈다는 분의 양복
입은 신사와 거사님의 허름한 잠바 차림에 고무신이 인상
깊었습니다.

당시만 해도 우리의 전통문화는 일부 옛 것을 추구한
사람들의 전유물로 인식되어 현대인이 필요한 실용문화와는
소외되어 있었지요. 부산에서 사실상 전통공예점을 처음으로
여시고 특히, 차와 도자기에 남다른 애정과 노력을 기우려
한·중·일의 차 생산지와 도자기 유적지를 탐방하면서 제다와
도자기 장인들을 두루 만나시고 격려를 아끼지 않으셨지요.

차와 도자기가 집중돼 있는 삼남의 차밭과 사찰 도자기굴을
빠짐없이 답사하시고 이름난 장인들이 거사님의 일기수첩에
대부분 기록되지 않은 분이 없을 정도였지요.

부산과 전국을 순회하면서 차문화를 보급하신 일에 그치지
않고 80세가 넘은 연세에 중국 운남성 남쪽의 험한 고지의

남나산 천년차왕수를 친견 답사하시고 한 · 중 차문화 교류를
위한 '육우다경연구회'를 창립하시고, 그때의 멤버가 중국의
차문화계를 이끌어 가는 원로가 되어 한 · 중의 차문화 행사에
참여하고 있음을 보면서 역사의 소중함을 느낍니다.

　　지난 30여년간 한 · 중간 정치 경제 외교 문화교류는 엄청난
변화를 가져왔으며 상호 이익의 국익을 증대했습니다 .

　　거사님은 평생 차인으로서 가져야 할 정행검덕과
화경청적의 다도를 실천하신 분입니다. 차의 정신인 매사에
빈틈 없는 사려깊은 언어와 신중한 처신의 언행, 검소한 덕으로
물질이 지배하는 혼란한 사회의 가치관을 바로잡는 정신적
어른이셨고, 남을 대할 때는 항상 미소와 얼굴에 가득한 화기로,
혼자 계실때는 청정하고 고요한 경지에서 마치 수도승처럼
적멸의 삶을 살았습니다. 말은 쉬우나 실천은 어려운 다도의
길은 겉은 화려하나 내실이 없고, 형식은 중시하나 철학이 없는
현대인들과는 사뭇 달랐습니다.

　　불과 5, 60년 전만 하더라도 우리 차와 우리 문화를 입에
담기조차 부끄러웠으나 이제 전세계가 하나로 개방된 시대에
차 역시 홍수같이 밀려드는 원두커피의 훨씬 이전에 수백 수천
종의 차가 들어왔습니다. 없어서 못 마시던 시절이 뭘 먹을까,

뭘 마실까 고민하는 시대로 변했습니다.

하루가 다르게 세계 오지의 농산물과 허브 약초의 먹거리가
TV 화면을 가득 채우고 있습니다 .

수많은 대용차가 아닌 순녹차와 녹차 종류만 수천 종이라
하니 2백년 전 녹차가 없어 제발 차를 보내 달라는 걸명소를 쓴
다산과 추사 선생의 일화는 이제 신화와 전설이 되었습니다.

마음만 먹으면 수만리 떨어진 시쌍봔나의 수백년
고수차와 히말라야 아쌈차, 다질링차도 주문해서 마실 수 있는
만능정보통신의 시대이기도 합니다.

거사님, 예전의 임금님도 먹지 못했던 전세계의 산해진미를
마음껏 먹고 수백, 수천만원을 홋가한다는 최고급차를 마신다
해서 불로장생이나 안심입명에 과연 도움이 될까요?

왕실의 혈통을 많이 퍼뜨려야 하는 옛 왕조시대 세종
임금은 평생 기름진 음식을 드시고 무려 이십여 명이나 되는
후손을 생산했지만, 심각한 당뇨와 피부병에 시달려야 했고,
겨우 오십세를 넘기고 붕어하셨죠. 반면 2백년 후 영조 임금은
후궁의 혈통으로 궁 밖에서 서민음식에 길들여 일생 담백한
나물 음식을 즐기셨고 7남매를 낳고 조선의 최장수 왕이 되었다
합니다.

거사님의 식생활, 즉 평생 차를 마시고 곡차도

좋아하셨으나 취하도록 마시지는 않았으니 덕이 높은 선비와
선사들의 '풍류철학'과 상통할 테지요.

거사님이 평생 차를 마신 차인이시지만, 젊은 시절
토목공사와 전통공예사업을 본업으로 열심히 노력하셨고, 그 후
사십년 동안을 차문화에 매진하시고 연구와 교육 보급에 여생을
바치신 아름다운 노후의 삶이었습니다.

이제 후학들이 거사님의 삶을 조명하고 회고하면서
기념비적인 문집을 상재하는 것은 거사님의 '다도정신'이 길이
남아 이 땅의 민중들이 차문화를 계승하면서 차의 정신을 항상
실천하는 곧고 맑은 인간상을 잊지 말라는 교훈으로 삼는
일이라 하겠습니다.

✳

여수 거문도의 봄

여수 거문도에 봄이 왔다. 지난 겨울 춥고 메마른 날씨에
상관없이 봄은 찾아왔다. 그 섬의 주민들은 예전에는 더욱
힘들게 살았다. 해풍에 씻긴 쑥으로 식량을 삼으며 배고픈
시절을 이겨내었다. 다른 섬의 주민들도 마찬가지.

1960년대 거제도와 제주도를 돌아다니고 지낼 때 황량한
벌판과 바람이 전부로 그 주민들은 먹고 살기가 매우 힘들었다.
먹거리마저 변변치 못하고 인심도 좀 야박해 이해 못했다.
세월이 지나 비로소 알게 된 역사의 아픔, 제주 항쟁과 거제
포로수용소는 현대사의 비극이었다. 그 뒤 동서 남해 섬을
다니면서 천년 이래 곳곳마다 갖가지 사연과 슬픔이 묻어
있음을 발견했다. 유배섬 제주, 남해, 거제, 진도, 완도, 강진,
해남의 바다와 섬.

보도에 의하면 거문도 쑥과 동백이 한창이라 한다.
동백하면 강진 백련사의 수백년 묵은 나무숲과 오동도 향일암
동백이 제일 유명하다. 선운사 동백도 대시인 미당이 예찬하는

시비가 있을 정도로 유명.

바닷가 어촌의 싱싱한 생선이 입맛을 돋우는 계절이다. 조금 있으면 충무 도다리 쑥국이 최고 별미다. 충무 멍게는 지금이 시작이란다.

날씨는 오래 가물고 인심마저 예전 같지 않다. 농촌의 풋풋한 인정은 그런대로 살아있으나 도회지는 영 아니다. 젊은 실업자들이 넘쳐나고 결혼 못한, 그리고 안한 탓에 어린이가 귀하다. 한 집에 두서너 명이 있던 시절이 이제는 여러 집을 합해 어린이가 겨우 한 둘이다. 먹고 살기 힘들고 결혼마저 쉽지 않아 혼자 사는 독거인이 많고 나이든 세대들이 대부분이다. 수십년 후에는 인구가 절반으로 줄어들 것이라 하니 예삿일이 아니다. 아이 셋만 낳으면 무조건 정부가 아이 하나는 책임지고 가르치고 먹이는 복지 혜택을 줘야 한다. 무상급식 무상복지가 이 시대 화두이다. 어느 지자체 수장은 무상복지나 무상급식 예산을 없애고 부정적으로 보는 정책 때문에 여론의 질타를 받고 있다. 예산이 충분히 확보되지 못해서 그런줄 알지만, 중앙예산이나 세금을 더 걷어서 해결하든지 다른 불필요한 예산을 줄이면 된다.

박통 정권의 대선공약인 복지문제는 실패했다. 주원인은 전 정권이 예산을 낭비해 사자방 비리로 엄청난 국고를 탕진한 탓이고 부자 감세로 예산이 부족한 것이나 서민 증세는 잘못된 것이다. 지금이라도 경제 활성화와 복지정책 해결을 위해서라도 돈을 쌓아놓고 쓰지 않는 대기업 부자들에게 증세하면 돈 가뭄이 해소될 것이다.

　메마른 날씨에 봄비가 많이 내려 대지를 적시고 봄꽃과 온갖 생명체들이 생기를 얻듯 부자들의 곳간을 풀어 중서민을 위하는 정책을 과감히 편다면, 서민경제가 활력을 얻게 되고 침체된 사회가 긍정적 에너지로 전환하게 될 것이다.

＊

꽃상여

내 어릴때 살던 집은 수정산으로 올라가는 길목에 있었다 .
수정산은 도심지에 가까우면서 맑은 물이 흐르고 뒷산에는
봄이면 진달래 복숭아 살구꽃 할미꽃이 지천으로 피었다.
6,25전쟁을 겪었던 직후라, 이북 피난민, 속칭 '하꼬방 판자촌'이
산허리에 다닥다닥 붙어 있었고, 그 주위로 고아원과 학교
공동묘지가 드문드문 사이좋게 자리잡았다.

지금도 유년기의 기억이 선명한 것은 고향집을 둘러싼
수많은 풍경이다. 세일러복이 멋진 명문 여학교가 중심에
위치해 있는 사방으로 길이 나 있었고, 수정산으로 올라가는
넓은 도로는 나의 집을 통과하는 길 뿐이었다.

집이 삼거리 대로변에 있었던 탓인지, 나는 어릴 때부터
뭇사람들의 삶과 사물을 보고 듣고 관찰할 기회가 많았다.
나의 집은 동네 사랑방이라 할 정도로 수많은 종류의 사람들이
모여들었다가 흩어졌다.

마음이 곧고 성실하며 친화적인 부친의 인품 덕이었을

것이다.

해가 오른 오전 10시쯤이면 어김없이 꽃상여가 나타났다. 울긋불긋 오색 깃발의 만장을 앞세우고 화려한 꽃상여 위에 서서 요령을 흔들며 구성지게 선창을 하면, '어여차 어여차 어기어차 어여차'라는 상두꾼의 후렴이 힘차게 울렸다.

그 뒤를 대나무 작대기를 잡고 호곡하면서 유족들이 따라가는데, 이때가 가장 슬프다. 꺾어지는 길이라 상두꾼들은 으레히 멈추고 상여가 쉽게 움직이지 않으면 저승갈 노잣돈이 부족하다 해서 이승만 대통령이 그려진 시퍼런 돈을 새끼줄에 더 매달기도 했다.

나도 어렸지만, 어쩌다가 어른 상주가 아닌 어린 상주의 부모 혼령이라면 호곡 소리는 점점 가열차지고 상여가 쉬이 떠날 줄 몰랐다.

내가 훗날 산에 들어가 부모형제를 떠나 승려가 되어 인생무상이랄까 허무주의를 느낀 것도, 그리고 염세와 허무의 늪에 빠지지 않고 용케 견뎌내어 현실 참여의 대승불교를 지향하게 된 것도 따지고 보면 어릴때의 삶과 죽음의 문제를 실존적으로 부딪쳐봤기 때문이 아닐까 생각한다.

그 후 몇년 지방사찰에서 지내다가 대학 갈 욕심에 서울의 절집에 머물러 아르바이트 삼아 한 염불법사 노릇은 또 다시 불교의 허무주의를 만끽하게 만들었다.

　불교 신도가 죽으면 다른 종교와 그렇듯이 살림이 구차하지 않는 한 대개 절에서 49일 천도재를 지내는데, 그에 앞서 보통 3일장이나 5일장 동안 스님을 청해서 독경을 들려주기 마련이다.

　나는 20대의 혈기왕성한 나이에 종교적인 의식이라 하지만 수없이 많은 혼령들과 만났다. 주검 앞에서 요령 흔들고 목탁치면서 하루 서너 시간 때로는 밤샘까지 하면서 혼령을 위로하는 일은 20대 청년의 혼백이 달아날 정도로 지치는 일이었다.

　그리고 장례식으로 끝나지 않고 먼 산소까지 따라가는 고통이란 이만저만이 아니었다. 혹시 홍제동 화장장이라면 오히려 쉬었으나, 서울에서 장시간 거리의 강원도 경기도, 산골같은, 하여튼 화장보다는 매장이 월등히 많은 그 시절 몇일 동안의 주야독경과 산소염불은 젊은 나를 생기없는 창백한 허무주의로 만들기에 충분했다.

　그때나 지금이나 절집은 염불이 사찰 유지의 큰 방편이 되고 있지만, 산사람의 불공은 신이 나는데 비해 죽은 사람을 위한 염불은 왜 그렇게 처량하고 맥이 빠지는 걸까.

　몇날 고생해서 나중에 사례비조로 보시를 받으면 며칠

동안의 용돈에 지나지 않는 적은 액수여서 인생은 어차피
서러운 존재인가 푸념하기도 했다.

수년 동안 산 자보다 죽은 자를 위해 극락왕생의 염불을
하다보니 세칭 고관대작이나 부잣집의 장례식에서 독경한
적도 많았다. 무슨 회장, 무슨 장관, 무슨 국장, 무슨 총장 집에
드나들면서 시다림屍多林의 독경을 했는데, 어떤 때는 이게 남의
시다림이 아닌 나의 시다림이 아닐까 하는 생각이 들었다.

가끔 내가 거부반응을 일으킬 때도 있었으니 돈 없는
사람은 스님을 청할 수도 재도 지낼 수 없는 반면 돈 많고
권세 있는 집안은 어디에서 왔는지 모를 스님들이 한 가득
모여들었다.

'초상집의 개'들이란 이를 두고 한 말이 아닐까 하고
불경스럽지만 스스로 회의에 잠기기도 했다. 세월이 흐른 후
나는 죽은 자의 독경을 위해서 부잣집과 고관대작 집에는 가지
않기로 원칙을 세웠다.

그런 사람들에게는 인연 맺은 스님들이 넘치기 때문에 내가
갈 필요가 없으며, 가급적이면 보시를 한 푼 받지 않더라도
가난하고 외로운 불자 집에는 기꺼이 독경해주기로 마음먹었다.

또 불가피하게 독경해주더라도 묘소와 화장장에는
동행하지 않기로 방침을 정했다. 불자라 하더라도 한국인의

전통관습은 유교적이어서 장례식의 모든 절차 역시 유교식으로
진행되므로 불교적인 의미없이 승려 혼자 염불 기도하는 것은
형식에 지나지 않는다고 여겼다.

이제는 도심지에서 거의 자취를 감춘 꽃상여는 고승들의
장례식이나 간혹 TV의 역사극으로만 남아 있다. 잘 닦인
아스팔트 길을 생명력 없는 조화 한 다발을 앞세운 영구차가
오고가며 이승과 저승을 왕래할 뿐이다.

문명인이 아직 못 되어선지 아니면 지천명의 세월 탓인지
죽음 또한 삶과 크게 다르지 않다는 생각이 들고 삶을 사랑하듯
죽음도 사랑할 수 있다고 믿는다.

꽃상여는 삶과 죽음을 갈라놓는 슬픈 장송곡이 아니라
흑인영가처럼 삶과 죽음이 하나가 되는 부활의 축제요,
신명나는 의식이 아닐까 생각한다.

＊

삶의 한가운데에서

이 지구상에는 수천 종류의 인간들이 살고 있다.
단일종족의 국가도 있으나 대개는 다민족 국가를 이루고 있다.
언어, 역사, 문화 관습이 같은 나라를 흔히 지역, 주변국가라
하고 그것이 다른 다양한 문화체계를 갖고 있는 나라를 중심,
세계국가라 칭한다. 물론 인종의 단일, 복합을 떠나 어떤 국가가
세계에 영향을 미칠 힘을 갖고 있을 때 중심, 세계국가라 할 수
있지만, 문화적인 지향없이 그냥 물리적인 힘만 있다고 해서
우리는 그런 나라를 세계 중심의 국가라고 부르지는 않는다.
예컨대 2차대전 때의 독일, 일본, 이탈리아가 아무리
정치, 경제 군사력과 오랜 문화를 지녔지만 평화가 아닌
파괴적인 전쟁을 일으켰기 때문에 세계 중심 국가로 여기지
않는다. 그들은 대단히 우수한 민족이지만 지기네 종족이
세계를 지배해야 한다는 국수주의에 빠지고 인종 우월주의를
내세웠으므로 세계 중심의 자격을 잃었다.
세계 중심국가는 아무래도 인류 문명의 발상지와 관련이

있고 다양한 인종과 문화를 갖고 있는 인도, 중국, 러시아, 유럽연합, 중동 아랍국가, 미국 같은 나라이다.

한국인은 단군의 핏줄을 이어받은 단일민족이요. 큰 화살을 잘 쏘는 동쪽 나라라는 뜻의 동이東夷족이지만 동서남북에 따라 언어, 생활관습 사고방식이 다양하게 나타난다.

그리 크지 않는 반도 국가가 이러하매 하물며 수백개 국가와 수천종의 종족을 인류, 인종학의 차원에서 고찰하면 아마 수만 가지 다른 문화적 관습이 있을 법하다.

그러나 지구상의 많은 국가와 민족들이 각기 다른 체계와 독특한 개성을 갖고 있을지라도 공통점이 있다. 지구촌 지구 가족이라는 점과 같은 인간이라는 점이다.

UFO와 관련해서 수천년 전에 외계인이 지구에 들어왔다는 말도 있고 2차대전을 전후해서 미 육군성 지하창고에 외계인을 영구보존하고 있다는 설이 있는가 하면 정체를 알 수 없는 비행접시를 실제 목격했다는 보도가 부쩍 늘고 있다.

아무튼 20세기 중반에 들어와서 인류문명은 달에 첫 발을 디딘 이후 다른 위성에 로켓을 발사하고 화성까지 탐구하는 성과를 거두고 있으나 어디까지나 생명의 존재 여부와 관련해서이고 아직까지 외계인과의 접촉이 과학적으로 증명되지 않았다.

영화나 공상과학소설을 통해 상상력을 자극하는
정도이지만 시작도 끝도 없는 광활한 우주에 오직 지구에만
생명체가 존재한다는 것을 믿는 사람은 적다.

또한 인간의 공통점은 언어를 갖고 있고 도구를 사용한다는
점이다. 동식물 역시 인간과는 다른 의사소통의 수단을 갖고
있음이 밝혀졌으나 인간처럼 언어로 의사소통뿐 아니라
사고영역의 정신적 차원은 아닌 것이다.

인류문명의 시원始原과 관련해서 특히, 서양인들은 색깔로
종류를 나누기 좋아한다. 청 백 홍 황 흑의 다섯가지, 주역에서
대상만물을 오행五行으로 나누듯 인간들도 음양오행의 원리에
따라 다섯가지다.

청인종이란 단어는 없지만 북유럽 쪽과 백러시아 쪽은
추운 지대이므로 희다 못해 살결도 눈도 푸르지 않나 해서
백색청인종이 아닐까 싶다.

백인종은 앵글로 색슨족, 게르만족, 슬라브족, 인도
북부지역이 모두 여기에 해당하고, 황인종은 날씨가 더운
아열대지역의 동남아시아, 폴리네시아, 인도 남부지역이고,
황인종은 지구상에 가장 많이 퍼져 있는 한·중·일을 포함한
몽골리안, 중남미인들이다.

흑인은 열사의 중동아랍 지역, 열대의 아프리카 지역이라 할

수 있겠다.

　종족의 분류는 기후와 깊은 관계가 있는데 인류학자들은 중앙아프리카의 원숭이류에서 인간이 최초 탄생하였고 그 뒤 4백만년 동안 밀림이 없는 중앙아시아로 진출하여 중앙아시아에서 세계 각 지역으로 분포된 것이 오늘의 세계 인류라고 한다.

　결론적으로 수백개의 국가 수천종의 종족 50억이 넘는 인류가 본래는 아프리카와 중앙아시아의 같은 종족에서 출발한 셈이다.

　극소수에서 오늘날 50억의 엄청난 인구가 생긴 것은 기적이지만 똑같은 종에서 완전히 다른 종족이 수천 가지나 되는 것도 기이한 사실이다.

　그뿐인가. 50억의 인구가 전부 다른 얼굴과 몸짓, 정신세계를 갖고 있다.

　다양해서 좋고 이질적이어서 흥미롭긴 하나, 하나 하나가 50억을 상대로 살아가는 세상이니 분명 고달픈 일이다.

　동식물도 그렇지만 인간 세상도 다양성은 곧 진보를 의미한다. 다양성의 진보에 더하여 질서를 의미한 통합, 일치도 매우 중요하다. 다양함이 가지 뻗어나감이라면 통합성은 쓸데없는 가지치기가 아닐까.

삶의 한가운데서

무한대의 발전인 다양성 창조성을 추구하면서 질서와 체계를 갖추는 통합, 일치의 정신이 필요하다고 본다. 역사적인 경험으로 미루어 지역, 주변 국가일수록 통합 일치에 더 큰 비중을 두고 세계 중심국가일수록 방만한 다원화를 추구해 왔다고 본다.

뻗어나가고 늘리는 것이 양陽의 원리라면 오므리고 가지치는 것은 음陰의 원리다. 맺어나가는 것 만큼 오므리고 가지를 잘 치는 것이 음양의 조화라 할 수 있겠는데, 우리의 지난 시절은 건강한 음양 조화가 아닌 음양 위축이요, 음양 부조화의 세월이 많았다.

풀어주면 지나치게 뻗어나기고, 오므리면 더욱 위축되는 현상을 늘 볼 수 있었으니 말이다.

인간사 새옹지마塞翁之馬라. 한 해 내내 늘 좋거나 늘 궂을 수가 없다. 괴로움 끝에 낙이 있고 흥이 지나치면 슬픈 일이 오므로 개인이나 사회가 감정과 이성을 잘 다스려야 할 것이다.

감정이 양에 가깝다면 이성은 음에 가깝다. 도전과 개척의 양도 중요하지만, 정의와 공익의 음도 중요하다.

색깔 이야기가 나와서 하는 말인데, 우리 민족을 비롯 동양사회는 다섯가지 색깔로 길흉화복을 수용하고 극복해 왔다. 우리는 오랫동안 정치 논리로만 길들여졌기 때문에 밝은 삼원색이 아닌 어두운 흑백논리의 불신사회기 형성되었다.
올해는 성실과 희생, 근면과 우직을 상징하는 소띠답게
개인이나 민족이 서로 협동, 화해하는 해가 되기를 소망한다.
정치는 사회 정의와 공정한 분배를 보장하고 경제는 건강한
일터를, 종교는 억눌리고 소외받은 이의 눈물을 닦아주며,
문화예술은 신명나는 놀이마당이 되어야 하지 않겠는가.

✳

봄이 오는 길목에서 녹차 한 잔을

입춘 다음 날 통도사에 갔더니 수백년 묵은 통도사 홍매가
꽃을 피우고 있었다.

통도사 홍매는 워낙 유명해서 겨울의 찬 날씨에도
아랑곳없이 화려하고 농염한 원색의 꽃을 피워내는지라, 전국
각지에서 홍매를 촬영하려는 사람들이 많이 온다.

설이라지만, 한겨울의 적막한 산중 절에서 붉디붉은 핏빛
같은 홍매화를 보고 심장이 고동치는 소리가 들리지 않을
사람이 있을까.

계절은 어느덧 우수경칩을 지나고 봄이 바야흐로 달려오고
있다. 정월 대보름에 금정산에 올랐더니 절 앞 계곡의 백매가
막 피고 있었고, 도심지에는 때이른 목련 개나리가 역시 꽃필
준비를 하고 있다.

곧 구례 산수유, 섬진강 매화 축제가 시작되고 산천에
진달래 개나리 동백 모란 목련 벚꽃이 피면 봄의 축제가 극치에
달하리라. 90년대 초 연변에 수개월 머물때 두만강 압록강이며

도문 훈춘 길림지역을 여러번 다녔는데, 그때가 꽃 피는 오월, 진달래가 산허리마다 분홍빛 자태를 뽐내고 있음을 보고 그 뒤 유월달에는 백두산에 올랐더니 역시 백색 진달래가 지천으로 피어나고 있었다.

소월 시인의 진달래가 생각나고 산유화를 흥얼거리기도 했다. 사철 수많은 꽃들이 피고지는 삼천리 강산에 진달래 철쭉 영산홍처럼 한반도에 널리 분포되고 또 민족의 정서와 애환을 같이 하는 꽃이 있을까?

그래서 봄하면 진달래가 먼저 생각나고 고향산천을 그린다.

올봄 뒷산에 올라가서 소나무 사이에 듬성듬성 핀 진달래꽃 잎 따다가 찹쌀가루를 반죽해서 진달래 화전을 맛볼 일이다. 그리고 진달래꽃은 설탕에 재워 두면 1년 후 진달래술이 되어 천식 기침에 특효가 있다 하니 요즘의 미세먼지에도 좋을 것 같다.

매화 수선 동백은 원래 겨울꽃으로 북풍 한설의 혹한에 향내와 고운 맵시를 자랑하다가 봄이 오면 남풍에 실려 다른 꽃들과 한꺼번에 개화한다. 눈 속의 동백이 봄이 되면 여수 오동도와 선운사에서 만개해서 봄의 절정을 알린다.

입춘 사흘 후 금당 최규용 거사님은 생전 80대 후반의 연세에도 나와 여러번 범어사와 해동 수원지를 찾아 토종 매화

가지를 구해 화병에 꽂아 꽃이 피기를 기다린 수일 후, 다시
만나 산청의 고택을 옮긴 '춘양목 툇마루'에 앉아 매화 잎을 띄운
녹차를 마시곤 했다. 이름하여 풍류차.

이제 누구와 더불어 풍류차를 마실 것인가, 오랫동안
가슴이 먹먹했다.

꽃과 차, 도자기와 풍류 예술에 정통한 금당 거사님은
통영 출신답게 음식에도 일가견이 있는 미식가였다. 벌써 올
청명날이 금당선생 117주기로 100세 장수하신 분이니 별세 후
열일곱 해다.

생전 경봉 응송 일타 석정 법정 능가 등 근래 명승들과 차와
불법을 교류하시며 법열에 젖던 금당 거사님을 추모하는 차 한
잔을 이 봄에 올리고자 한다.

*

제1부 • 차와 더불어 세상과 더불어

2

전라도의 아름다움

6월, 그 싱그러움 속에서

6월의 청록이 눈부시다.

내가 머물고 있는 절에서는 한낮엔 뻐꾸기가, 밤엔 소쩍새가 번갈아 가며 그 애절한 목청으로 울어댄다.

깊은 산중에서나 들을 수 있는, 고향 생각이 나는 정겨운 소리를 도시가 가까운 데서 들을 수 있다니 고마운 청복이 아닐까 싶다.

내가 살고 있는 절은 연꽃 봉오리로 둘러 쌓였다 해서 연화사라는 곳으로 30여 년 전에도 머물렀던 고향 같은 절이다.

그 시절엔 모두가 어렵게 살고 있었기에, 유독 생각나는 것이 먹을 것이 귀하고 땔감이 부족해 소나무의 낙엽인 갈비를 긁어다 주로 불을 지폈었다.

절에서는 물론 동네 사람들이 저마다 생솔가지며 솔갈비를 다투어 긁어가는 통에 낙엽이 쌓이는 것은 고사하고 어린 소나무들이 영양 부족으로 말라 죽기 일쑤였다.

맨몸이 벌겋게 들어 난 땅이며 산들이 이제는 푸른 물감을

칠한 듯 온통 녹색의 바다로 넘실댄다.

그때 비해서 지금은 의식주에 대한 걱정일랑 없이 풍족한 사회가 된 것이 분명한데도 무엇이 아쉬워 사람들은 너 나 할 것 없이 무엇에 항상 홀리고 쫓긴 듯 허둥대며 초조 불안해 하는 것 같아 안타깝다.

서로가 서로를 못 믿는 불신 풍조가 만연된 탓일까. 인간보다는 물신주의와 배금주의를 숭배해서 그럴까. 가난하고 못 살아도 물 한 그릇 밥 한 그릇을 나눠 먹던 시절이 그립다.

넘치듯 풍부하게 잘 살아도 나눌 줄 모르고 오직 자신만을 살찌우는데 급급하고 온갖 세속적 욕망이 삶의 가치와 존재 의의가 되는 이 사회와 인간 군상이 어쩐지 불쌍하고 슬퍼 보인다.

세속보다는 그래도 절집 인심이 좀 낫다고 할 수 있을는지, 전국 산중 절이 다 그러하듯 내가 있는 절에서도 물을 길어가는 사람이 하루에 수백 명이다.

그 좋던 자연 환경이 많이 훼손되었다. 우리나라를 흔히 비단으로 수놓은 금수강산이라 이름 붙였을 만큼 산과 물이 빼어나고 맑았는데, 이제는 깊은 산중과 계곡을 빼놓고는 그런 말을 할 수 없게 되었다.

강과 하천이 오염된 지는 오래, 산도 예외가 아니다. 조림을 꾸준히 잘하고 있으나 옛날처럼 대들보 기둥감의 목재가 없고 거의 수입 목제를 들여다 쓴다.

전국의 산야를 공원으로 지정 관리하는 것까지는 좋으나 산을 헐고 길을 내다보니 관광지로 변해 사람들이 이 산 저 산으로 차를 타고 몰려다녀 곳곳에 쓰레기가 쌓이고 상채기를 남긴다.

이렇다 할 천연자원이 빈곤한 우리가 그래도 세계에 내놓을 것이 있다면 인적자원이요, 아름다운 산하의 천연자원이며 오래된 문화자원이다.

자연을 단순히 인간의 이용물이 아닌 생명의 근원이요, 인간의 고향이라는 자각이 널리 퍼지고 있다. 자연과 인간은 둘이 아니고 하나이며, 자연 그 자체가 생명을 가진 인격체라는 실유중생悉有衆生 개유불성皆有佛性의 불교적 생명 공동체 사상이 자리 잡아야만 할 것이다.

우리가 한 잔의 차를 마시는 이유도 차가 몸에 좋다거나 스트레스를 푸는 차원이 아니라 신토불이의 우리 땅과 물을 지키기 위함이며 시들어가고 있는 자연과 인간을 살리는 인간성 회복이며 과소비의 미덕이 아닌 정행덕감精行德鬪의 자기 질서와 공동체 사회로의 승화인 것이다.

맑은 물과 공기, 푸른 숲이 있는 한 이 땅은 희망과 축복이
있으리라 믿는다.

✻

이해인 수녀님에게

귀한 저서 『꽃삽』을 선물받고 미처 읽지 못했다가 11월 중에 틈틈이 읽어 봤습니다.

이름처럼 어진 마음씨가 바다같이 출렁거립니다. 뭐라고 할까, 고요하면서 생동감이 있고 따스한 정감과 아울러 종교적인 엄격함이 내면의 평화와 조화되어 있군요.

수녀님은 냉정한 수도자답지 않게 세속의 가족들 유년기의 아버지 형제들의 사랑을 고스란히 간직하고 있어 퍽 인상적입니다.

약간 세속적이라 할 정도로 오히려 그 때문에 진솔하고 담백하게 말할 수 있겠지요.

개성이 강한 부모 형제들 때문에 화목하지 못한 가정에서 자란 저가 오십이 다된 나이임에도 어릴적 시절을 떠올릴 때마다 우울한 추억이 남아 있음에 비해 수녀님은 밝고 명랑하며 사랑이 충만한 가정에서 자라나 수녀 생활 역시 만인과 사랑을 주고받으며 그래서 절대자와 인간 모두에게

여한이 없는 복받은 삶을 사시고 있음을 볼때 괜히 샘나고
부럽기조차 합니다.

그러나 책장을 넘길수록 해인 수녀님도 마음의 아픔과
고독, 시련을 겪었고 잘 참고 견딘 힘이 역력히 보이는군요.

어릴 때부터 책 읽는 습관이나 어두운 기억 속의 저편
마음을 다스리는 노력, 늙었으나 젊은 어머니에 대한 사랑과
아버지에 대한 그리움, 그외 산으로 솟고 강을 흐르는 그리움을,
동시에 동포에 대한 연민과 소외받고 그늘진 사람들이나 민주화
투쟁에 희생당한 박종철군의 시와 산문같은 생각은 평소의 저와
많이 닮아서 공감대가 높습니다.

해인 수녀님은 실상 몇 년 전 인기가 폭발할 때는
보통사람인 저 같은 무명 승려는 감히 가까이 할 수 없었는데
몇 번 만나고 대화하며 진솔한 글들을 읽으면서 수녀님은
다정다감하고 인간애 넘치는 친근함이 가슴에 와 닿습니다.

작가 최인호 씨의 유머대로 젊은 처녀 시절에는 매우
어여뻤을 텐데, 어찌 그리 사랑하는 남정네와 가족 친구들을
쉽게 떼놓을 수 있었는지 신기합니다.

물론 절대자의 섭리이고 인연이겠으나 수녀님은 보기와
달리 차갑고 당찬 여성이 분명해 보입니다옛날 어머니들처럼.

인간과 뭇 생명에 대한 사랑을 절대자에 대한 사랑으로

승화시켰기 때문에 가능하시겠지요. 아니 신과 인간을 향한
사랑이 둘일 수 없겠지요.

수녀님은 그러한 인간적인 사랑과 초월적인 사랑을 모두
획득한 경지에 와 있는 것 같습니다.

수녀님의 글을 읽으니 문득 경기도 화성에서 평화의
집을 운영하시는 환속 신부와 결혼한 극작가 오혜령 씨가 연상
됩니다. '너무나 인간적이며 종교적'인 그분의 글과 마음씨와
흡사하군요. 저와는 칠팔년 동안 교류를 나누고 있습니다만,
비록 구상 선생님을 통해서 수녀님을 여러 번 만났지만
그래서인지 더욱 믿음과 정, 기쁨이 두터워짐을 느낍니다. 곧은
성품과 같은 수도자로서 시인으로 유년기의 추억과 인간에 대한
애정 절대자에 대한 믿음을 모두 지니고 있는 공통점을 지닌
동지 친구, 혹은 동기 구상 시인의 표현간 같은 수녀님을 정신토양이
황폐한 고독과 절망의 물신 만능시대에 알고 지내는 것만으로
저는 위안을 받고 따스한 불씨를 품은 듯 행복하답니다.
내내 건강하시고 수녀님을 비롯한 베네딕토 가족들이 모두
주님의 은혜와 축복 속에 많은 소외받은 이웃들을 인도하시고
가난한 영혼들을 위해 사랑의 빛과 소금으로 영원하시기를
기도드립니다.

12월 중에 총원장님과 함께 저가 거처하는 절에서 한번 공양을 드시고 저도 수녀원에서 밥 한 그릇 먹게 해 주시기를 바랍니다.

※

이해인 수녀님에게

다섯 종류의 인간

인간 사회에는 별의별 인간들이 다 있다. 그야말로
천층만층 구만층이다. 국경과 인종, 문화와 관습에 따라
비슷하기도 하고 완전히 다른 군상들이 존재한다.

우선 얼굴 모양새를 보면 같은 날 같은 시간에 태어난
쌍둥이를 제외하고 같은 꼴이 없고 얼굴 생김새와 마찬가지로
마음 또한 같지 않다.

삶의 방식, 성격, 취미, 인격, 가치관이 다르다. 인간은
기계가 찍어낸 인공물이 아니요. 하늘과 땅의 자연, 영혼이 만든
천공天工인 까닭이다.

불교에서는 자연 생명과 함께 인간 역시 보이지 않는 어떤
인연에 의해 태어났고. 그 인연은 사람마다 천차만별의 원인인
업력이 있다고 한다. 아무튼 밤하늘의 광대무변한 우주 세계와
더불어 인간 세계 또한 무한하고 다양한 생명체들이 존재하는
바, 그것이 동식물이든 유기물, 무기물이든 풀 한 포기, 꽃 한
송이, 흙 한 줌과 개, 돼지 같은 하등동물, 인간 같은 고등동물이

본래 부처인 완전한 존재. 생명의 존엄성을 지닌 데에는 하등 차별이 없고 다만, 나타난 모양새와 역할, 방법이 달라 중생계라 부르는 것이다.

절대 세계인 신神과 부처 세계, 천상인간, 아수라 축생, 미물 축생에 이르기까지 하나의 큰 세계는 꽃으로 장식한 화장 세계라 하고 생명교향악이나, 이를 깨달으면 이 세계가 바로 극락정토요, 이를 깨닫지 못하고 언제까지나 탐욕과 불신, 대립과 증오의 늪에서 빠져 나오지 못하면 이 세계가 그대로 중생계의 윤회요, 지옥 세계가 연출된다.

영원한 행복을 상징하는 극락과 영원한 고통을 뜻하는 지옥은 누가 인위적으로 만든 세계가 아니요, 실제로 존재하는 것이 아니라 인간의 인식과 업력에 의해 생겼다고 한다.

옛날 어떤 유명한 장군이 어느 날 산중의 고승을 찾았다.

"스님께서 도가 높다고 해서 찾아왔습니다. 불교에서 극락과 지옥이 있다고 하는데, 어디에 그런 것이 존재합니까? 사람들을 현혹시키느라 괜히 만들어 낸 것이 아닙니까?"

장군은 자리에 앉자마자 큰스님에게 사뭇 안하무인 격으로 도전적인 물음을 던졌다.

명상에 잠겼던 스님이 잠시 후 말문을 열었다.

"장군! 장군은 애국자요, 전쟁 영웅이오. 그러나 한평생

사람을 많이 죽였으니 과보를 받을 것이오. 죽으면 지옥에
떨어질 텐데, 그때 내가 같이 동행하겠소. 내가 아니면 누가
장군을 지옥에서 건져 내겠소."

최고 장군이요 영웅으로 추앙받는, 그래서 자만심과 기백이
하늘을 찌르듯 의기양양한 이 장군은 일찍이 누구에게도 이런
모욕을 당해 본 적이 없었다.

그래서 앞뒤 가리지 않고 불같이 화가 난 장군. 단번에
허리에 차고 있던 칼을 높이 빼들었다.

"이놈의 중놈이 저 죽을 줄 모르고 환장했구나. 내 칼을
받고 그따위 소리를 다시 지껄이나 봐라."

몹시 흥분한 장군이 머리 위에서 칼을 내려칠 그 찰나
고승은 벽력 같은 소리로 '할^喝: 수도승들이 크게 꾸짖는 침묵의 말'을 했다.

"장군! 지옥은 여기 있소."

이 말을 들은 장군이 비로소 깨달았다. 자신이 지금 지옥을
만들고 있음을, 사람 하나 죽이는 것쯤은 식은 죽 먹기인
장군은 곧 자기가 지옥 사자가 되어 악독한 마음을 먹었던
것이다.

칼을 던지고 고승에게 엎드려 절을 하고 나니 미음이 어느덧
푸른 하늘로 변했다.

"하 하… 장군! 지금이 곧 극락이오."

지옥과 극락이 없다고 누가 말하겠는가. 허나 지옥이
따로 있다고 죽어서 존재한다고 하지 말라. 인생이 지옥 같은
고통뿐이라면 어떻게 무슨 낙으로 살겠는가. 그리고 죽은 후가
아니라 눈 뜨고 살아 있는 현실에서도 우리는 얼마든지 지옥을
보고 있다.

매일 신문 방송에 보도되는 극악한 사회 범죄의 양상,
탐욕과 증오, 어리석음 때문에 무한히 반복되는 아귀 아수라
같은 인간 군상들이 날뛰고 있는 세상, 약자를 짓밟고 강자들이
지배하는 모순된 사회는 지구상에, 역사상에 늘 존재했으니
지옥이 아니고 무엇인가.

반대로 천상극락도 얼마든지 있다.

반드시 고대광실 같은 호화 주택에 산해진미가 아니더라도
햇볕이 비치는 조촐한 집에 산채나물만 먹어도 행복을 느낄 때
천상의 즐거움이 아니겠는가.

옛부터 돈이나 권력은 사람들이 가장 유혹당하기 쉬워 한번
맛을 들이면 만족할 줄 모르고 점점 큰 욕망의 덫에 빠진다.
왜냐하면 예나 지금이나 돈과 권력이 있으면 안 되는 일이
없다고 믿는 사람이 대부분이므로…….

인간에 있어 돈, 권력 같은 부귀영화는 누구나 원하는
것이지만, 그것을 적절히 이용한다면 행복할 수 있되 잘못

다섯 종류의 인간

이용해서 노예가 된다면 파멸을 초래할 수 있으므로 동전의
양면 같다고나 할까.

　그래서 선인들은 경계하기를 가난해도 족한 줄 알면
행복하지만 부유해도 만족을 모르면 불행해진다라고 했다.
그리고 역경에 처할수록 안전하나 형편이 잘 풀릴 때인
순경順境이 더 위험하다고 경고한다. 어떤 사람이 가난하고
어려움에 처할 때는 오히려 정신이 살아 있고 육신이
건강했으나 부귀영화를 누리게 되니 오히려 몸과 정신이 타락과
부패로 볼장 다 보는 예는 허다하게 많다.

　인간의 정신이나 인품은 돈이나 권력 같은 세속적 가치로
논할 수 없다는 것을 누구나 알지만 현실 사회의 가치 척도는
지극히 세속적이다. 나는 그래서 인간에게 다섯 가지 유형이
있다고 본다.

　첫째, 특질特質 인간이다. 특별히 지능이 우수한 것이 아닌,
인품과 도덕성이 특별한 성현 군자 같은 사람이다. 십만, 백만
명 중에 한 두 사람 꼴이다.

　둘째, 양질良質 인간이니 매우 선량한 인품의 소유자이다.
타율이 아닌 자율적인 인간이다. 매우 현명하고 정의감이
강하다.

　셋째, 범질凡質 인간, 보통사람이란 뜻인데, 가장 많은 부류의

사람이다. 남이 보는데는 정직하나 남이 보지 않으면 나쁜 일도 서슴지 않는, 위선적인 이중적 소시민들이다. 단순 비교에는 무리가 있으나 일본 동경에서 차선을 어기는 사람을 발견할 수 없으나 서울의 거리에서는 거꾸로 정지 신호 앞에서 제대로 지키는 사람이 하나도 없었다는 TV의 몰래카메라를 시청하면서 한국인은 양질보다 범질 인간이 대다수임을 느꼈다.

넷째, 저질^{低質} 인간이다. 치사하고 야비해서 강자에게 약하고 약자에게 강한 부류이다. 간사하고 약삭빠르며 겉으론 지성인 같으나 진실성은 없는, 마음씨가 천박하고 악취가 나는 저속한 사람들이다. 비록 비단옷을 걸치고 고급 자가용을 몰아도 지극히 이기주의, 개인주의적이다. 남이야 죽든 말든 자기밖에 모르는 보수적인 성향을 가지고 있다. 돈이나 학식의 유무와 아무 관계없다.

다섯째, 악질 인간, 말 그대로 자신의 이익과 목적을 위해 수단 방법을 가리지 않는다. 피도 눈물도 없다. 인간애, 민족애 같은 사랑의 의미를 모르는 불행한 사람이다. 개인이나 집단의 이익을 위해 맹목적으로 존재하는 도구형의 인간이다. 난폭한 범죄자, 인간 사냥꾼, 독재 정권의 하수인, 권력과 폭력의 신봉자들이다.

다섯 가지 유형은 고정 불변이 아니다. 낮은 문화와 오염된

사회에서도 어떤 개인의 노력 여하에 따라 높은 인격자는
법률보다 도덕률에 의지하는 양질 인간이 될 수 있지만, 사회의
저질 가치관, 맹목적 이념, 공격적 문화, 불공정한 법질서의
사회 풍토에서는 양질 인간보다 저질, 악질 인간이 더 많이
생산될 확률이 높다.

　　나는 늘 우리나라가 반만년 문화 민족인 높은 도덕률과
철학 사상을 지닌 평화를 사랑하는 민족이 왜 지난 1백여 년
동안 내환외우를 겪으면서 공격적이며 파괴적이고 맹목적이고
이기주의적인 국민이 될 수밖에 없었는가에 대해 안타까움과
분노와 슬픔을 가지고 있다. 더러운 정치, 기만적인 통치기구
조선 시대와 다름 없는 관료 제일주의, 위선적인 지식인 사회,
용기 없고 한심하고 무기력한 시민사회, 이런 체재를 가지고
세계와의 경쟁도 무모하고 민족 문제도 해결할 수 없으며
무엇보다 자가 정화 없는 고여 있는 물같이 부패와 오염을
가속화시켜 마치 시화 늪, 삼풍사고, 한보사건, 김현철 스캔들과
같아 사회 전체를 파멸과 절망으로 끌고 가는 심각한 사태가
발생할 수밖에 없는 것이다.

　　헛된 욕망이 아닌 인류사의 교훈을 충분히 깨달은 양질의
인간들이 나와 남, 사회 국가 인류, 생명을 열린 시각에서
공정한 마음의 자세로 사회를 움직이고 역사와 시대를 주도할

때 비로소 희망이 있다고 본다.

역사 속에 등장하는 많은 충신들과 열사, 의인, 도인들 특히 광개토대왕, 문무대왕, 계백장군, 왕건, 세종대왕, 최치원, 원효, 서산, 사명대사 같은 불세출의 특질, 양질의 지도자가 많이 배출되기를 염원하고 고뇌한다.

✷

전라도의 아름다움

　　김지하 시인이 일찍이 '전라도 땅은 저주이다'라고 반시反詩를 읊은 전라도는 이제 축복의 땅으로 떠오르고 있다. 한하운 시인의 황톳길, 보리피리는 공해 없는 생명문화로 변하고 있다. 황토현에서 패한 전봉준의 민중혁명은 노을빛처럼 꺼지지 않은 아름다움이다. 빛고을의 5·18 민중항쟁의 넋들은 광양제철의 용광로 불빛으로 아름답게 빛난다.

　　김남주 시인의 '시인의 칼'은 동짓날의 초승달로 비수같이 날카롭고 밤하늘의 별처럼 아름답게 반짝인다. 서정주, 고은, 김지하, 문병란, 고정희, 최명희, 조정래, 이청준은 동백꽃처럼 붉고 지리산같이 장엄하다. 생명의 원천같은 마르지 않는 샘이다. 벌교 짱뚱이탕처럼 맛있고 펄떡이는 풍류와 해학, 도도한 아름다움이다.

　　고산의 어부사는 해지는 서남해의 아름다운 수채화이다. 남종화의 산맥 허소치의 그림은 아름다움 그자체이다. 완도 청해진 법화사지는 해상왕 장보고의 꿈과 민족혼이 서린 영롱한 역사의 숨결로 아름답게 빛난다.

임진난의 구국 영웅 서산대사의 의발이 있는 대흥사는 호국불교와 나라를 일으키는 큰기운이 남아있어 여전히 아름답다. 다성 초의선사는 차정신으로 꺼져가는 조선 백성들에게 민족문화를 불어넣어 아름답고 향기롭다. 만고충신으로 귀양살이한 다산 정약용, 추사 김정희는 그이름을 천추만대에 아름답게 수 놓는다.

강진 백련사는 차와 동백꽃 선승과 서해 바다가 아름답고 무위사 관음보살 벽화와 피리부는 천녀는 이 세상의 아름다움이 아닌 천상의 눈부신 아름다움이다. 변산을 한 바퀴 돌아 새만금 갯벌은 생명의 아름다운 공동체이며 내소사 월명암은 오솔길이 지극히 아름다운 고즈넉한 부설거사의 고향이다.

이 나라 만년 민중의 복락을 위한 도선국사의 영암땅과 갯벌 황금 조기떼 오색 깃발의 어선이 나부끼는 법성포에서 아름다운 고향 전라도 땅의 정겨운 정취를 맛볼 수 있다.

오월에 피는 선운사 동백은 피빛 아름다움으로 생명이 넘치는 환희의 선율이고 율동이다. 실개천에 넘나드는 풍천 장어 복분자술은 이곳의 아름다운 명물이다. 내장사 백양사 단풍은 아름다움의 극치로 비자나무 숲을 더욱 푸르게 한다.

전남이 민중항쟁으로 아름답고 갯벌과 바다로 아름답다면

전라도의 아름다움

전북은 멋과 맛 예술과 풍류로 아름다움이 넘친다.

'달하 노피곰 도다샤'의 고장 정읍사의 향기가 아름답고
님을 그리는 여인의 꿈이 아름답다. 매창의 아름다운 꿈이
영그는 시는 영원히 빛나는 아름다운 보석이다.

목포의 홍어는 한반도 최고의 톡 쏘는, 눈물 나도록
아름다운 맛이다. 목포산 낙지는 유달산과 함께 이난영의
눈물과 함께 추억의 아름다움이다. 여수 오동도 흥국사 돌산
갓김치, 향일암은 한반도 남단의 산뜻한 아름다움이다.

붉은 연꽃이 피는 덕진공원 한옥 고을 전주와 남원은
아름다운 춘향이의 절개가 숨 쉬는 여인의 고장이다.
육자배기와 판소리가 흥겹고, 전주비빔밥과 콩나물 해장국의
시원한 맛이 아름답다. 거기에 설예원의 녹차 한 잔은 살진
육신을 아름답게 한다. 금산사 미륵부처님은 어두운 밤 길 잃고
헤매는 미래의 금빛 광명을 비추는 아름다움이다.

송광사 오리벚꽃숲은 연인들의 옷 빛깔이 아름답고,
진묵대사의 전설이 숨 쉬는 사찰이며 비구니 수도장인 전주
원등사도 아름답다.

천마가 지키는 마이산의 두 귀가 아름답고, 운주사
천불천탑이 아름답다. 충절의 고장 담양이 아름답고, 천년
작설차의 고향인 화엄사, 연곡사, 보림사, 선암사가 아름답다.

보성 차밭은 인생의 갈증을 달래주는 늘 푸른 아름다움이며 무등산의 안개에 뒤덮인 춘설헌의 작설은 의제 허백련 선생의 아름다운 넋이다. 이리의 원불교는 둥근 원처럼 무한히 뻗어가는 아름다운 사랑의 빛이다.

나는 언제나 김영랑의 돌담집을 거닐고 싶고 김제 만경 평야를 따라 한없이 뻗어나간 시뻘건 황토길을 걷고 싶고 신령스러운 월출산을 오르고 싶으며, 해 저문 날 변산 앞바다에서 수평선을 바라보고 싶다.

가을이면 선암사 차꽃 향기에 취하고 싶고 송광사 보조국사의 수선사 마루에 앉아 명상에 잠기고 낙안읍성 초막집에서 정다운 벗들과 밤새워 막걸리에 산나물로 흥이 도도해지고 싶다.

까까중 머리의 토종 피아니스트 임동창의 눈빛과 걸죽한 입담이 아름답다. 왕후장상의 씨가 따로 있느냐? 라며 민중 혁명을 외치다가 형장의 이슬로 사라진 정여립이 아름답고 정여립을 닮은 강준만 교수의 껴안기와 외곽 때리는 소리가 또한 아름답다.

강진 해남 진도 완도의 한맺힌 유배문화가 아름답다. 전라도의 하늘 땅 산과 물이 아름답다. 전라도의 서러움과 아픔 분노까지도 아름답다. 전라도를 사랑하는 사람도, 전라도를

미워하는 사람도, 아름다운 전라도를 사랑하는데 변함이 없을
것이다.

＊

젊은 영웅 서태지

　자신의 노래가 금지당하고 몇년간 미국에 가 있던 가수 서태지가 김포공항에 돌아오던 하루 전날, 공항은 수천 명의 서태지 팬으로 점령당했다.

　TV와 신문을 통해 본 서태지가 입국심사를 벗어나는 순간 팬들의 환호와 열광은 극에 달했다. 무슨 깃발인지 혹은, 옷인지 황금 물결로 출렁이고 꽃다발이 하늘을 날았다 .

　내가 서태지 노래를 기억하고 있는 것은 '난 알아요' '발해를 꿈꾸며' 정도이고 외우지 못하고 그냥 흥얼거리는 수준이다.

　누구나 다 그렇겠지만 신문과 방송에서 대대적인 보도를 하고 팬들의 인기가 엄청나다는 말을 듣고 관심을 가지기 시작하였으니 말이다.

　평론가들은 서태지의 노래가 단순한 것이 아닌 하나의 사회적 문화현상이라고 말한다. 해방 이후 최고의 가수들이 활동했고 근래에는 특히, 십대 팬들 사이에 김건모와 조성모 HOT, 신승우가 최고의 인기를 끌었으나 유독 서태지만이 사회의 이슈가 될 정도로 그의 노래는 전무후무하다는 것이다.

그래서 서태지는 10대들의 대통령 또는 문화혁명가로 불릴만큼 대중문화뿐 아니라 사회 전반에 영향력이 큰 젊은 영웅이라 하는데, 그렇다면 1960년대의 할리우드 스타 제임스 딘이나 록의 황제 엘비스 프레슬리, 비틀즈, 밥딜런 등과 어깨를 나란히 하는 국제적인 뮤지션이 아닌가라는 생각이 든다 .

서태지의 인기 비결을 몇가지로 요약하면 작곡 작사 연주 노래를 거의 서태지와 이이돌이 도맡아 하는 실력과 능력을 갖추고 있으며 일반적인 정서를 자극하는 수준을 넘어 현실 문제를 고뇌하고 저항하며 비판하는 강한 정치 사회적인 메시지를 갖고 있는 독창적인 세계라는 것이다.

말하자면 그만의 노하우겠는데, 그런 그를 두고 평론가들은 진정한 자유주의자라고 말한다.

서태지의 음악은 우리 사회의 억압 구조인 분단 문제와 민주주의 교육 이데아와 사회 모순에 대하여 현란한 무대에서 원색의 의상, 헝클어진 물들인 머리로 나타나 노래를 부르는 것이 아닌 랩의 지껄이고 크게 내지르는 소리로 기성세대의 병든 문화를 질타하고 있는 것이 특징이다.

1980년대의 발라드 음악의 서정성이 지나간 뒤 90년대 댄스 음악은 서태지를 시발로 확산되었다 . 이제는 10대 청소년들이나

대학가 문화에서는 빠른 템포와 기계적인 테크노 음악이 주류로
자리잡고 있음을 볼 수 있다.

사실 식민지배와 해방 분단 전쟁 독재정치 민주화 투쟁으로
이어시는 어른들의 질곡 못지 않게 젊은 신세대들이 처한 교육
사회 환경은 열악하고 고통스럽다 .

살인적인 입시지옥과 획일적인 교육은 청소년들의 영혼을
마비시켰고 자유 의지를 억눌렀다.

서태지의 메시지를 듣고 용기를 얻어 절망에서 벗어나
희망의 새 힘을 얻었다면 그런 젊은이들이 나약하고 방종한
것이 아니라 건전하고 건강한 세대일 수 있다.

왜곡된 교육과 사회 현실을 풍자함으로써 10대들에게
부모와 사회가 해주지 못하는 메시지는 어른들이 공유하지
못한 앞선 세대의 문화이며 영혼의 어루만짐으로 청소년들에게
한없는 자유의지와 대리만족을 가능하게 했다.

어른들도 살기가 벅찬 답답한 현실에서 젊은이들의 틀에
박힌 생활과 그 심정이 오죽하겠는가 싶다.

마지막으로 높은 학력과 경제력 집단 이기주의로 무장한
우리 사회에서 서태지는 반항적인 혁명가답게 스스로 고교
중퇴로 부랑아처럼 떠돌다가 사회와 어른들이 만들어 놓은
기성의 제도와 관행의 틀을 파괴해서 그것을 딛고 일어서는데

성공하였다.

비주류와 비제도권, 반사회와 반체제 문화를 이룩한
일등공신이며 영웅이 없는 시대의 젊고 힘있는 영웅으로
자리매김했다.

기존의 제도권이나 도덕율이 어두운 면을 부각시켜
결과적으로 기득권주의를 옹호하는 것이라면 서태지의 음악은
자유를 향한 밝은 면을 강조하는 민중적인 평등의 이데아다 .

그러나 강렬한 사운드의 하드코어의 실험정신은 그가
추구하고 있는 분단 극복의 통일 이데올로기와 공고한 사회
모순에 대해 어떻게 대응할지 좀 더 기다려 보아야 할 이 시대의
화두일 것 같다.

*

명의 허준

　　봄부터 고암 허준을 시청하고 있다. 재방송이지만 많은 교훈과 재미를 느낀다. 예전의 '동의보감'도 즐겨 봤지만, 새로 만든 '고암 허준'도 정말 잘 된 작품이다 .

　　시간적으로 4백년 전의 사극이 배경이지만 시간의 격차를 못 느낄 만큼 리얼한 작품이다. 그래서 역사는 과거 현재 미래의 기록이라고 한다 .

　　임진란의 실존 인물인 명의 허준의 파란만장한 인생 드라마지만, 실제로는 허준이 큰 고생 안 하고 의술에 정진한 궁중의다.

　　스승도 당시의 어의 양해수이고 극중 드라마의 효과를 높이기 위해 2백년 후의 명의인 유이태를 스승으로 각색했다. 민간의 명의인 유이태는 정조때 사람으로 산청 진주 거창 등 서부 경남 지역에서 평생을 보낸 인물이다.

　　허준은 선조와 특히, 광해군에게 인정받아 어의는 물론 나중에 정승 판서의 반열에 오른, 입지적인 명의로『동의보감』은

그의 역작이다. 오늘까지도 『동의보감』은 한의학의 고전으로
손꼽힌다. 물론 중국의 『황제내경』과 비전의 의술서와 함께
사상의학의 이제마도 명의로 기록된다.

참고로 극중 인물 삼적대사도 가공의 인물이지만, 선조때
서산대사의 제자로 사암도인이라는 침술의 명인이 있었다.
조선 시대는 승려를 천민 취급했으므로 성과 이름이 없어
사암도인으로만 전해진다 .

삼적대사는 전설적인 침술의 명인 사암도인을 그렸다고
본다. 지금도 한의사들 중 사암침법을 비전으로 익혀 환자
치료에 이용하고 있다.

허준은 왜 감동을 주는가?

드마라에서 그는 서자 출신으로 여러번의 생사를 넘나드는
고생과 시련을 겪고 마침내 궁중 최고 명의가 되는, 인간 승리의
대역전을 펼치기 때문이나, 그보다는 그가 보여준 인간과
세상에 대한 긍정적인 힘일 것이다.

모진 고생에도 불구하고 끝까지 이름 없는 서민들과
천민들을 보살폈다는 사실이다. 휴머니즘의 상징이라 할 수
있겠다.

흔히 병을 고치면 하의下醫, 사람을 고치면 중의中醫, 세상을

고치면 상의^{上醫}라고 일컫는다.

병도 미리 예방하면 상의, 초기 증상을 다스리면 중의, 늦게 병을 발견하면 하의라 한다 .

의사가 병을 고치듯 병든 사회와 세상을 고치고 건강하게 만들면 좋겠다. 정치인, 종교인, 공직자, 교육자, 예술가의 존재 가치는 그래서 필요하다 .

문제는 사회의 상층부에 속하는 사람들이 자기 욕심만 채우고 편 가르기와 세력 다툼으로 사회 혼란을 더 부추기고 대중을 기만하고 분열시킨다면, 그 사회는 부패하고 나락으로 떨어질 것이다.

명나라 유명한 학자가 말한 '세상의 흥망성쇠에는 백성들의 책임도 있다'는 등소평의 좌우명이기도 했다. 나는 25년 전 중국을 여행할 때 그 말을 듣고 내 인생의 교훈으로 삼았다.

지도자의 책임은 막중하나 일반 대중들도 나라의 흥망에 책임이 있다는 말은 진리다. 그 나라의 정치나 문화는 그 나라 사람들의 수준이라는 말이 있다. 해방 후 교육 수준은 경제 수준만큼 높아진게 사실이다. 1960년대만 하더라도 대학 출신이 많지 않았으나, 1970~1980대가 지나면서 대학 출신이 인구의 80%에 육박하고 박사 학위 출신은 매년 1만명이 넘는 고학력 사회인데, 왜 사회는 늘 혼란하고 나라는 안팎으로

갈팡질팡할까?

현명한 지도자와 지혜로운 측근들, 공동체를 소중히 여기는 선지식의 지성인들, 정직한 대중들의 세상, 평화와 진보를 위해 필요하다고 믿는다. 초기 불경에 나라가 멸망하지 않는 7가지 불퇴론과 불쇠론이 있다.

허준에도 나오듯이 일반대중보다 최고 지도자와 신하들의 탐욕과 어리석음이 문제다. 한국의 현재 상황도 시공을 뛰어넘어 마찬가지로 본다.

우리는 언제 깨끗하고 지혜로운 지도자와 그에 걸맞는 고위공직자 지식인들을 보게 될까? 세종대왕이나 정조대왕의 시대는 오지 않는가? 나는 그게 궁금하다.

＊

호국도량 선원사 연근 축제

　얼마 전 강화도 선원사에서 '연근김치축제'가 사흘간
열렸다. 5년째 행사다.

　선원사는 우리 역사에서 매우 중요한 의미를 갖는 고려시대
사찰로 세계문화유산이며, 국가 수호의 상징인 팔만대장경을
제작한 절이기도 하다.

　때는 고려말 세계 최강의 정복자 몽골에 맞서 무려 38년
간을 강화도에 왕과 조정이 궁궐을 옮겨 사직을 지켜낸 우리
역사상 가장 대표적인 국난의 시기에 왕과 신하 백성들이 한
몸으로 대장경을 조성하면서 국난 극복을 기원하고 이뤄낸
위대한 역사의 현장이다.

　그 후 조선조 유교가 국시가 되면서 수많은 고려시대
사찰과 문화 역사가 사라지고 선원사도 오랫동안 폐허로
방치되었다.

　현재의 주지 성원 스님이 1970년대 강화도 모 사찰에서
기도를 하다가 홀연히 부처님의 선몽으로 절터를 발견하고

땅을 매입해서 작은 절을 지었다. 그 후 박정희 대통령과
이선근 문화재 위원장이 현장답사를 하고 사찰 복원을
약속했으나 박대통령의 별세로 아직 터만 발굴된 채로 그대로
있다. 고려말의 국난에 즈음해 왕과 대신이 자주 방문하고
국난극복의 대장경제작에 국력을 쏟을 만큼 규모가 엄청났다.
최소한 수천 명에 달하는 승려와 신도 기술자와 노동력이
동원됐을 것이고 사찰 규모도 수십만 평에 이르렀다고 봐야
한다.

　발굴한 옛 사지도 크지만 미발굴의 사적지도 숲속에 묻혀
있다.

　물론 고종은 마지막 항쟁을 끝으로 몽골에 항복하고 나라와
백성을 보호했으나 불만을 품은 일부 군대는 후퇴해 진도와
제주도로 가서 항쟁을 했으니 역사에 남는 삼별초의 난이다.

　역사는 몽골·고려연합의 여몽부대가 일본을 여러번
공략했으나 태풍의 영향으로 실패하고 일본은 살아 남았다.

　1960년대 베트남 참전을 최초라 생각하지만, 우리 역사에서
고려와 몽골연합부대가 전쟁을 치렀고, 광해군 때는 명나라
군과 연합해서 청나라와 전쟁을 치른 일도 있다. 영특한
광해군은 명이 망하고 청이 중국을 지배할 것을 예견하고
참전하는 척함으로서 화를 면했다.

그 후 인조는 국제 정세를 살피지 못한 채 청나라를 단순히 오랑캐로만 여겨 결국 남한산성의 항복이라는 치욕을 당했다. 당시 죽고 끌려간 동포가 수십만이라 하니 백성들은 기근과 전쟁으로 지옥고를 맛봐야 했다.

강대국과 전쟁을 치르면 항전하되 더 이상 가망이 없으면 항복해 나라와 백성의 목숨을 보전해야 한다. 예나 지금이나 실용적인 전략이다.

끝까지 항전을 주장한 김상헌은 가상하지만 잘못하면 나라를 송두리채 적에게 넘기는 망국으로 이끈다. 화전주의자 최명길이 비겁해 보이지만 항복해서 피해를 줄이고 나라를 지키는 보전책이라는 점에서 평가해야 한다.

이야기가 길어졌다. 20여 년 전 성원 주지스님은 자립책을 강구한 나머지 연밭을 몇만평 조성하고 연농사를 지어 관이나 신도의 도움 없이 생활을 개척하기 위해 낮에는 농사를 짓고 밤에는 기도 좌선하는 반농반선의 사찰 운영을 하고 있다.

특히 백련을 심고 가꾸어 식생활 문화에 큰 기여를 했다. 백련은 각종 성인병을 예방하고 현대인의 건강에 효과가 획기적인 식물이다.

백련이 몸에 좋고 요리와 생활 문화에 쓰임새가 많다고 소문나면서 백련 농사는 전국적으로 보급되었다.

연음식과 연생활용품의 특허를 수십 가지나 개발한 성원 스님은 승려의 몸으로 상품화해서 돈을 버는데는 한계가 있어서 중도 포기한 상태이다. 그렇다고 발굴한 옛터에서 나온 유물이 적지 않지만 문화재로 지정해서 정부의 지원을 받기에도 쉽지 않다.

제일 바람직한 것은 1980년 '10. 26 불교법난'의 보상금액이 1500억이 되는데, 이 거액의 돈을 조계사 주위의 협소한 공간에 법난기념회관을 세울 것이 아니라, 서울과 근접하고 국가와 불교의 대표적 외적 항쟁 성역인 강화도 선원사 도량에 세우고 그 돈으로 선원사를 복원하면 좋겠다고 생각한다.

고려 불교가 국교이고 승려 신분이 귀족에 속했으나 국난을 맞아 승려들이 기꺼이 몸을 바쳐 외적을 물리치고 나라와 백성을 보호한, 호국 불교의 빛나는 전통을 잇는 것도 의미심장한 일이 아니겠는가. 역사 교육이 오래 전부터 소홀하다고 생각한다.

고려시대 민족을 구한 마지막 보루인 강화도와 선원사의 역사를 회상하며 이 넓은 터에 10. 26 불교법난기념관과 동시에 선원사의 복원이 이뤄지기를 바라는 마음이 간절하다.

*

IMF에 실직한 김선생에게

김선생, 안녕하십니까.

몇 개월 동안 소식을 잊고 지내다가 얼마 전 볼 일이 있어 신문사에 들렀더니 김선생께서 직장을 그만두셨다고 들었습니다.

20년을 한결같이 신문사 기자로 근무하면서 새벽잠에 쫓기며. "신문 기자는 이제 더 이상 지사志士가 아니라 기업체의 사원에 불과하다"며 자조하던 김선생의 수심 어린 얼굴이 떠오릅니다.

대학을 졸업하고 신문사에 첫발을 들여놓으면서 세상의 불의를 고발하고 기득권 세력의 부정에 맞서겠다던 푸른 눈을 가진 정의의 사나이를 기억합니다. 그러나 잘 나가던 사회부 출입 기자로 꿈을 펼치던 김선생은 몇 해 안 되어서 해직 기자가 되고 말았지요.

본래 가진 것이 넉넉하지 못한 가정 출신의 김선생은 그 뒤 생활고로 인한 무직자의 설움과 고통을 많이 겪으셨다지요.

때로는 잘못된 시대를 질타하고 비분강개하면서 한 잔
술에 지신의 고뇌를 솔직하게 털어놓으면서 정을 주거니 받거니
하던 모습은 이제 과거의 추억이 되었지만, 저에게는 한 폭의
수채화로 남아있습니다.

1980년대 초, 저는 경주 남산에 있는 자그마한 암자 주지를
지내며 신문 칼럼 등의 글을 쓰고 있을 때였지요. 저와 김선생이
승속은 물론 직업과 나이도 달랐지만, 서로 글을 쓴다는 공통점
하나로 가까워졌고 의기가 상통하지 않았습니까.

제가 살얼음 같은 시대의 궁핍한 암자에서 5, 6년을 버틸 수
있었던 것은 무슨 특별한 재주나 저항 기질이 있어서가 아니라
외로움과 쓸쓸함도 또한 나의 벗이라는 생각 때문이었습니다.

그렇게 수년간 김선생과 저는 부산과 경주를 부지런히
오가면서 시대의 고민과 우수를, 비판과 분노를, 질 좋은 곡차와
인정스러운 벗으로 달래지 않았습니까.

저는 평소 소심하고 허약하게 태어난 탓인지 건강과 일에
자신이 없어 그럭저럭 젊음을 산중에서 거의 다 보냈는데
종교인의 사회참여를 달갑게 여기지 않는 사람들에게서 적잖은
불이익을 받기도 했습니다. 이른바 운동권 승려로 시달림을
받고나서부터 일과 건강에 자신이 생겼습니다. 모진 시련이
인간을 성숙시키는 계기가 됨을 깨달았지요.

인간의 삶이 어떤 것이든 관념과 지식이 체험과 실존으로 이어지지 않으면 결코 성숙한 인격과 깨달음의 지혜를 얻기가 힘들지 않을까 합니다.

김선생님, 우리나라는 지금 미증유의 위기에 처해 있지 않습니까. 국가 부도 사태라 할 만큼 경제 위기와 함께 정치 및 사회개혁의 실패로 인한 총체적인 불안과 불신이 하늘 전체를 뒤덮고 있지 않습니까.

그러나 저는 믿습니다. 먹구름 사이로 언뜻언뜻 푸른 하늘이 보이듯 자유와 희망의 햇살은 장막 뒤에서 늘 빛나고 있음을 믿습니다. 새벽이 오면 어둠이 걷히듯 우리 민족이 끊임없는 외침과 억압에도 굴복하지 않았듯이 IMF 환란을 능히 불리 칠 수 있으리라 믿습니다.

위기는 기회라 하듯 시련을 극복하기 위해 우리는 무엇을 어떻게 해야 할까요.

먼저 한반도를 뒤덮고 있는 증오와 불신, 탐욕과 거짓 같은 마음의 3·8선을 허물고 사랑과 정의, 진실과 화합이 충만한 사회를 만드는 일이라고 생각합니다만, 김선생께서는 어떠하신지 고견의 말씀과 예지를 베푸시기 바랍니다.

＊

죽음보다 강한 사랑

이 세상에서 가장 고귀한 곳은 무엇일까. 한 가지만
고르라고 하면, 아마도 대부분의 사람들은 선뜻 답변하지 못할
것이다.

어떤 사람은 돈이라 하고 또 어떤 분은 권력이나 명예,
부귀영화라 할것이며 가족이나 하느님, 부처님 같은 혈연
종교의 절대자라 하고 혹은, 국가나 민족이나 대권이라고
각양각색으로 답할지 모른다.

이 세상에서 중요하고 귀한 가치를 지닌 것은 분명 많지만
첫째로 중요한 것은 인간의 목숨인 자기 생명이 아닐까.

자기라는 생명이 없다면 그 어떤 것도 존재 의미가 없을
것이다.

그래서 세상에서 가장 고귀한 단 한가지는 자신의 목숨이며
가장 두려운 것 역시 자기 삶의 마침표인 죽음라 할 수 있다.

그런데 그 죽음마저도 초월할 수 있다면, 그건 오직
사랑밖에 없다고 본다. 사랑은 욕심의 반대되는 의미로써 헌신

봉사 · 열애 · 희생의 뜻을 함축하고 있다. 욕심은 탐욕 이기주의 시기 어리석음 소유욕 지배욕의 동물적 본능에 가깝다.

석가가 중생을 사랑하고 예수가 인간을 측은하게 여기는 것은 마치 엄마가 아기를 낳아 기르듯 모두 사랑의 힘이다.

물론 사랑에도 크고 작은 사랑 이기적인 이타적인 사랑이 있고 인류애적인 생명적인, 전 우주적인 위대한 종교의 사랑도 있고, 풀 한 포기 꽃 한 송이 복실 강아지에 대한 사랑이 있으며 남녀 간의 지극한 사랑, 친구간의 우애 인간적인 평범한 사랑이 있다.

특히 남녀간의 사랑은 생물 본능적이고 가장 매력적이다. 차탈레이 부인의 농염한 사랑, 벽계수를 향한 황진이의 애절한 사랑, 이도령을 향한 춘향의 사랑은 사랑의 백미다.

사랑 중에는 첫사랑이 제일이다. 오월의 싱그러움처럼 풋풋한 연초록 향기가 묻어난다.

헤세의 『데미안』이나 괴테의 『젊은 베르테르의 슬픔』, 톨스토이의 『카츄샤』, 강신재의 『젊은 느티나무』, 이광수의 『유정』과 『무정』은 10대, 20대 초반에 얼마나 많은 꿈과 열정과 청순함을 심어주었던가.

영화 '초원의 빛'의 나탈리 우드, '에덴의 동쪽'의 제임스 딘과 엘리자베스 테일러, '애수'의 로버트 테일러와 비비안 리,

'쿼바디스'의 로버트 테일러와 데보라 카, '닥터 지바고'의 오마 샤리프와 줄리 크리스티 등은 스크린을 통해 진정한 사랑이 무엇인지, 참된 인간애가 무엇인지를 잘 보여준다.

도덕군자에게는 남녀의 사랑이 그냥 천박하게 보일런지 모르나 남녀의 사랑도 지고지순한 것이라면 종교적 사랑과 다를 바 없다. 욕심이 끼이고 이해타산적인 거짓된 마음으로는 절대 성립되지 않을 것 같다.

남녀간의 사랑도 그러한대 하물며 장차 인간대 인간끼리의 보편적 사랑은 더욱 속임수와 계산으로는 안 된다고 본다.

전쟁에서 전우가 죽는 것을 보고 적진에 뛰어드는 전우애 같은 것도 죽음을 뛰어넘는 사랑의 극치라 아니할 수 없으며 반대로 세상을 등지고 산중에서 도를 닦지만 나라와 국민을 생각한다면, 그것 역시 자신의 욕망을 초월한 사랑임에 틀림없다.

눈에 보이든 눈에 안 보이든 위대한 사랑은 분명 존재한다. 다만 보통 사람의 눈에는 모양과 이름이 나타났을 때 비로소 아니 수도승같이 배움의 거울로 세상을 비춰보는 사람이라면 사랑의 진위를 앉아서 볼 수 있을 것이다.

그러나 세상이 혼란한 탓인가 마음으로 사랑을 실천하고 가늠해 보는 사람보다 이 보란듯 사랑을 자랑하고 장식하며 적극 홍보하는 사람들, 흔히 힘 있는 사람들이 사랑을 독점하는 통에 죽음보다 강한 순결한 사랑은 자취를 감추고 있다.

　시골의 반딧불이 인간의 오염 속에 사라지듯 말이다.

＊

떠남과 만남의 미학

구도자에게 여행은 일상적이다.

일상을 벗어나기 위해 여행하는 것이 아니라 떠돌아다니는
자체를 삶의 일부로 삼는다.

흔히 승려를 구름처럼 물처럼 떠다닌다 해서 운수雲水 또는
운수납자雲水衲者라 한다. 한 벌의 구름처럼 떠돌아다니며 산다는
뜻이리라.

나에게도 그런 시절이 있었다. 20대와 30대, 한참 방황하며
주유천하하던 시절이다. 보통 한 절에서 3개월 정도를 지내게
되면 다른 산중으로 옮기는데, 일년에 서너 차례를 반복하는
셈이다. 삼십여 년 동안을 다니다보니 남한 땅 구석구석까지 가
보았다고 할 정도로 많이 돌아다녔다.

짧게는 며칠, 길게는 몇 개월간, 강원도, 서울부터 충청,
전라, 경상, 제주도까지 오라는 사람이 없었지만 내 발로
땅디짐을 많이도 했다.

수도승의 삶은 정착이 아니라 방랑에 있다. 부모와 가정을

버리고 세속을 여의기 때문이다. 떠난다는 것은 세속 인연을 끊고 집착을 떠난다는 의미가 있다. 세속의 삶이 소유와 애착에 가치 기준을 둔다면 승려의 삶은 무소유와 무집착이라 할 수 있다. 그러나 세속에 머물되 집착 없는 삶이 있고 산중에 있으되 오히려 속세의 욕망이 더할 수도 있다. 그래서 사람도 사람나름 중도 중나름이라는 밀이 생겼는지 모른다.

아무튼 구도자의 삶이란 무소유 무집착의 대자유인으로서 무엇 하나 꺼리낄 것 없는 삶이어야 하므로 영원한 방랑자라 할 수 있겠다.

내 나이 삼십 후반 때, 시골의 한적한 암자를 책임 맡은 이후로는 운수행각은 끝이 났다. 한 군데에서 몇 년을 지내다보니 집착 즉, 욕심도 생겼다. 욕심이 생기니까 때가 묻었다.

그렇게 5, 6년간을 붙박이로 한 곳에 살았으나 더 큰 욕심을 받아들일 배포나 재주가 없음이었는지 자갈밭을 옥토로 바꾸어 논 정성도 헛되이 큰 힘을 가진 사람들에 의해 절은 불론 승려직까지 박탈되었다.

글 쓴 것이 죄였다. 사찰정화, 불교개혁에 대하여 종단의 모순과 힘있는 고승과 그 제자들을 비판한 글이 문제되었던 깃이다. 돈과 권력, 폭력과 유착된 그들을 미워하고 비판했다.

적반하장격으로 악화가 양화를 쫓아낸다는 말대로 정의를
행한(?) 내가 추방당했다고 한때는 부처님을 원망하기도 했고
부정한 종단 현실에 분개하기도 했다. 지금은 담담하지만.

그렇게 7, 8년 동안을 나는 또 현실적으로 불가피한
상황에서 떠돌아 다니지 않을 수 없었다. 고통과 시련은 인간을
성숙하게 해주는 것인지 잘못된 현실과 타협하지 않은 덕택으로
나는 사회 현실에 눈을 떴고, 부처님이 이 세상에 오신 진정한
뜻을 깨달았으며, 또다른 여행을 통해 다양한 삶과 만날 수
있었다.

소위 사회참여라는 명분으로 이 절 저 절로 다니면서 밥을
얻어먹고 지냈다. 운동권 승려라는 이름이 한번 붙으니까 어릴
때부터 친하게 지내던 승려들이 모두 겁을 집어먹고 멀리하려
들었다. 신문에 자주 나거나 경찰서에서 늘 나의 행방을
조사하므로 특히, 주지 승려들은 본인에게 돌아올 불이익과
불편을 걱정했다.

구도의 여행이긴 하나 방랑에 가까운 여행, 타의에 의해
쫓겨 다니는 여행을 거쳐 이제 나는 여행의 묘미를 터득한
참여행을 즐긴다.

사람과 세상이 새롭다. 무심하게 비치는 산천의 경개가
생명력을 지니고 아름답게 비친다. 내가 살고 있는 부산은 옛날

알고 있던 부산이 아니다. 비록 예전에 비해 오염이 되긴 했지만 금정산의 눈부신 신록, 해운대 앞바다의 금빛 석양이며 동해 온천장의 정겨운 풍경, 남포동 뒷골목의 현란한 불빛, 자갈치 시장의 싱싱한 갯내음새, 을숙도의 철새 떼를 사랑한다.

　생각해보면 우리의 국토 어디에도 정이 깃들고 운치 없는 곳이 한 군데도 없다. 오대산의 그윽한 불교 성지, 설악산의 화려한 산세, 경포대의 달빛, 낙산사와 의상대, 경주 석굴암의 해맞이, 남도 기행의 시발점 해남 대흥사, 강진의 무위사, 다산 초당,　가슴 저미는 진도·완도의 풍치, 여수 오동도의 동백, 순천 송광사, 선암사의 계곡과 고색창연한 기와지붕, 차꽃, 선운사 도솔암의 마애불, 진흥굴, 전주의 고즈넉한 벗, 광주 민중들의 깬 의식, 하늘을 찌르는 기상과 정한, 청주, 충주, 재천에서의 정다운 사람들과의 만남이 있었다.

　1960년대 중반에 살았던 안국동, 개동, 재동의 고가古家에서 풍기는 조선조 사대부의 자취, 나룻배로 건너던 뚝섬 봉은사며 광나루의 여름 풍경, 양평 용문사의 은행나무, 양수리의 그림 같은 남한강, 북한강, 남한산성, 북한산성의 견고한 성벽, 남이섬의 풍광, 명주 소금강의 폭포 소리에 귀가 멀고 제주도의 유채꽃, 수선화에 눈 멀고 코가 막혔다. 눈부신 아름다움이고 취할 것 같은 향기로움에서일까.

수년 전부터는 해외여행도 즐긴다. 웬만큼 능력 있는
사람들이 이미 다녀온 곳을 나는 뒤늦게 지각 여행을 했다.
그러니 아직 여행 경비가 많이 드는 구미 쪽은 엄두도 못 내고
비교적 가기 쉬운 동남아, 일본 쪽이다.

그중 인상적인 곳은 역시 중국과 인도이다. 한 번은
며칠간의 더위 끝에 백두산에 가게 되었는데 일행들이 타고 간
버스의 운전기사는 매우 성실하고 순수한 중국인이었다. 길을
달리는 중간에 과속으로 교통순경에게 붙잡혀 벌금을 물었다.
겨우 2달러였으나 기사가 울상을 지었다. 기사의 잘못이니
자기 주머니에서 벌금을 내야 했는데, 2달러의 액수는 자기의
일당이라는 것이다. 그렇게 해서 7시간을 달렸다. 차가 많이
다니지 않는 도로라 속력을 내었으나 용케도 몇 번씩 길목을
지키고 있는 경찰에게 적발되었다.

운전기사는 그때마다 울상을 지어 보였다. 일행들은
그때마다 박장대소를 터뜨렸다. 가련한(?) 운전기사를 위해
공금에서 벌금을 물어주었음은 불문가지不問可知.

몇번 다녀오고 몇개월 지낸 덕분에 중국은 이제 혼자 다닐
수 있다. 농경 사회에서 산업사회로 이행하는 과정 탓으로
문명에 길들여진 한국인들에게는 아직 많은 것이 불편하다.
먹는 것, 잠자는 것, 다니는 것, 모두가 쉬운 일이 아니다. 물론

여행사를 따라가는 비싼 여행 같으면 몰라도 개인 여행은 힘든 것이 사실이다.그렇지만 나는 그런 고행을 감수하고라도 순박한 인심, 역사, 문화의 향기, 광활한 대지에 매료되어 또다시 떠날 채비를 해본다.

만일 어떤 사람이 생활의 지혜를 얻고 싶다면 중국에 가보라고 권하고 싶다. 또 어떤 사람이 삶에 절망하거나 삶의 의미를 잃었을 때는 인도에 가보라고 권하고 싶다. 중국이 실용적인 생활철학을 가지고 있다면 인도는 인간과 뭇생명이 살아 숨쉬는 영혼의 고향 같은 곳이다.

여행은 다양한 인간과 문화의 만남이며 색다른 자연에서의 체험이며 사색이며 깨달음이다. 그런 의미에서 나는 돈과 시간이 허락되면 그리고 젊은 때일수록 여행을 떠나라고 권하겠다. 가까운 여행이든 먼 여행이든 또는 국내 여행이든 국외 여행이든 그대의 삶을 풍요롭게 하고 그대의 인생이 충실해질 것이며 만남과 떠남을 통해서 무상한 생명 법칙 속에 영원한 삶의 아름다움과 진리가 내재하고 있음을 깨닫게 될 것이다.

*

떠남과 만남의 미학

3

백두산 가는 길

그리운 차벗들

한 스무서너 해 전쯤 1970년대 후반의 봄이었을까. 극락암 가는 첫 길은 약간 지루하고 봄볕이 따가웠다.

큰 절에서 소임보는 것으로 중노릇 잘하는 것인 양 만족할 때였다.

보수는 지금에 비하면 형편없이 적었지만, 위로 큰 절 교구장 스님을 보좌하고 아래로 대중 스님들을 지도하고 외호하는 상위직 역할의 예우를 받는 맛에 힘들어도 사명감 하나로 긍지를 가졌던 시절이었다.

그렇게 몇 해를 보내고 나자 회의가 들었다. 참선 간경 선사 강사도 아니고 대중 뒷바라지나 신도 포교나 하는 것으로 무언가 허전했다.

그래서 지금의 나를 죽이고 새로운 나를 찾기 위해 큰 절과 도시의 포교당 생활에서 탈출하기 위해 이판사판의 심정으로 오대산 상원사에 첫 선방수행을 마치고 그 이듬해 통도사 극락암 경봉鏡峰선사를 찾아 갔다.

과연 듣던대로 경봉선사는 납자누더기를 입은 수도승들을 대하는
솜씨가 능수능란한 백전노장이었다. 지금은 헐어 새로 지었지만
조실 스님을 만나는 응접실은 허름한 납작집이었다.

누구한테나 그리하셨듯이 선사는 좌정하시자 마자 건강
상태를 알아보시고 공부 잘 할 사람인지 몇마디로 시험하시는
게 아닌가 .

원래 내성적인데다가 몸도 마음도 허약했으므로 제대로
응답했을 리가 없다. 그렇게 퇴짜를 맞고 그 해 다음에 또
도전장을 냈으나, 그때는 이미 조실 스님께서 선객들을 만나지
않고 원주인 명정 스님 손에 결정이 되었다

명정 스님으로부터 겨울방부를 선약받아 놓았으나 나는
그때 무슨 일로 가지 않고 다음해 통도사 보광선원에서 겨울
정진에 동참하였다. 경봉선사가 주석하시는 극락암에서 공부할
복이 없었던 것이다.

내가 자주 극락암을 오르내린 것은 노선사께서 열반하신 뒤
부터이다. 주로 여름철로 기억되리만치 극락암의 여름은 매우
아름답다. 온 산야에 초록빛이 가득하고 꽃들이 만발해 있다.
선원 앞의 파초는 특히 도시인들의 심신을 씻어주는 시원한
청량제였다.

명정 스님의 차는 차 마시는 사람들에게 널리 알려져 있다.

그리운 차 벗들

차꾼들이 극락암의 '명정차'를 못 먹었다면, 아직 차 마시는
역사가 짧다 할 만큼 독특했다.

맑은 옥수물에 끓여주는 명정차는 첫 잔에 반하고, 둘째
잔에 놀라고, 셋째 잔에 혼비백산해 버린다. 왜냐하면 명정차는
그의 넉넉한 품새처럼 맛과 향이 뛰어나는 데다가 차를 아끼지
않고 듬뿍 털어 넣으니 맛이 진하고 향기가 코를 찌를 밖에.

수천 수만의 수행납자들을 얼리고 호령하시고 수십만의
신도들에게 늘 자애스럽던 어버이처럼 들려주시던 노선사는
가시고 극락암은 이제 허허롭다. 그러나 선사의 발자취는 아직
생생하고 명정차는 변함없이 적적함을 달래어 주니 한 가닥
위안이 된다 .

영축의 맥이 뻗어내린 한 자락에 축서암이 있고, 그곳에
학그림으로 유명한 '수안선사'가 있다. 수안은 나보다 몇살 위인,
역시 동진출가한 분으로 도반삼아 친한 지 열대여섯 해.

처음 축서암에 갔을 때가 1980년대 초쯤이라 생각하는데
전통적으로 통도사는 한국 사찰중 제일 부자절이라 법당
요사채가 허름하고 살림이 빈한해서 의외였다

지금은 수안의 오랜 노력과 원력으로 도량이 멋들어지고
근사한 건물들이 들어섰지만, 초면의 수안은 비쩍 마른 학처럼
병색이 약간 엿보이는 약간 신경질적인 고독한 수행자였다.

큰 원력을 품고 잔잔한 정을 간직한 그는 뜨거운 차 맛처럼 열정을 지니고 있어 나와 상통하는 점이 많은 차벗이다. 수안의 차그림은 워낙 유명해서 차인들과 불자들은 모르는 사람이 없다. 그래서인지 그는 늘 바쁘고 일년 중 몇번 만나 차를 얻어먹기 힘들게 되었다.

차벗 가운데 가장 잊지 못할 사람은 대승불교회를 이끌던 원광圓光 스님이다. 원광은 시문학과 난초에 일가를 이루었다. 부산의 차문화를 창립하고 차잡지를 창간하는 등 차문화 보급에 큰 기여를 했다. 말이 없고 진지한 구도자의 자세를 견지했던 그가 불의의 사고로 가고 없는 지금 내 마음은 아직도 허전하다. 차와 시와 고독을 뉘와 더불어 나눌 것인가.

해마다 2월달이면 제주도에 수선水仙을 보러 간다. 한참 방랑하던 시절 1970년대 전후로 제주도에서 몇 달을 보낸 인연이 있고 해돋이가 유명한 성산포 부근 일장日藏 스님의 소박한 토굴에 핀 수선화를 보며 차 마시는 멋은 무엇과 비교할 수 없이 그윽하고 신선하다.

이른 봄 입춘 매화차를 부산의 금당거사님과 함께 마시는 것도 운치가 있고, 여름이면 또 온양의 백제 고찰 인취사 백련과 전주 덕진공원의 홍련에 하룻밤 재운 연차를 맛보면서 고단한 티끌 세상에서의 희열을 느껴본다.

차와 차벗은 분명 세속적인 것보다 매화, 수선이 그러하듯 춥고 외로운 자리에서 만날 때가 더 맑고 향기로운 법이 아닐까 생각한다.

✳

닥터 지바고

오늘 낮에 영화 '닥터 지바고'를 감상했다. 78년 여름의 개봉 극장에서 영문도 모르고 대형 영화의 장면에 압도 당한 이후 벌써 예닐곱 번째, 요즘에는 TV 극장이다. 수년에 한 번씩 보지만 늘 새롭다.

그리고 수십년이 흐르고 나서 비로소 영화와 작품을 온전하게 이해하였다. 그만큼 역사와 문화 혁명과 전쟁 이념의 갈등이 첨예한 세월을 우리도 겪었기 때문일까. 비록 할리우드 작품이지만, 나의 50년 명화 감상에서 단연 첫 손가락에 꼽힌다.

예전에 여러번 봤던 명작, 벤허 십계 쿼바디스류가 전부 기독교 종교영화라는 것 외에 이 작품은 비록 미국 자본의 영화이지만, 러시아 혁명과 작가의 자유주의 사상이 역동적인 테마로 영화사상 최고의 작품이라 본다. 우선 100년 전 러시아 혁명이 일어나기 전 제정러시아 황제와 귀족, 지주들에게 땅을 뺏기고 노동자들이 임금을 못 받아 굶주리게 되었을 때 왕조 정권은 국민을 보호하지 못하고 오히려 탄압하고 죽인다.

우리의 지난 역사와 닮았다. 마침 일어난 1차대전은 불에 기름을 부은 격, 안으로 부패하고 밖으로 전쟁이 터져 민중들은 기아와 죽음에 직면하고 그렇게 일어난 것이 볼셰비키 혁명이다. 이른바 농민 노동자 혁명, 우리에게는 좌파혁명의 불길이다.

그때 러시아가 3류 국가로 독일에 항복하고 민중들에게 빵과 일자리를 해결해 주지 못하는 최악의 상황에서 러시아 10월 혁명은 많은 모순과 고난을 거쳐 인류사의 대변혁을 이끈 동력이었다. 물론 1980년대 말 고르바초프의 구소련 연방 해체와 공산주의 포기와 별개로 사회주의 혁명은 근현대사에 큰 획을 그었다.

아직 우리는 남북이 대처하고 있으며 더욱이 과거사 청산이 제대로 안 된 터라 개인주의와 사회주의, 그리고 국가주의를 혼돈하고 정치적으로 이용하며 상대를 적으로 몰아붙이는 표현 사상 이념의 자유가 봉쇄되어 있어 소통이 자유롭지 못하다.

그러나 우리는 러시아 혁명보다 20년 앞선 동학 농민 혁명이 있다. 비록 실패했지만 탐관오리와 봉건체제를 부정하고 깨어난 민중이 세상을 바꿔 평등 세상을 실현하겠다는 열망이 좌절됐으나 우리가 단연 앞선 근대 시민운동이었다.

당시 대원군과 권력 다툼 관계였던 민씨 황후 일족은 위험을 느껴 중국과 일본의 외세를 끌어들였고, 이 땅에서 청일

노일전쟁을 치르고 승리한 일본이 대한제국을 무너뜨리고
일본 식민지로 만들었다. 여기에는 소련의 남하를 염려한 영,
미국 등 유럽의 친일정책이 결정적이었다. 따지고 보면 우리가
조선조 멸망 전후 어느 강대국이든 식민지의 운명은 불가피했고
친일식민지 자체를 비판하는 것은 타당하지 못한 비겁한 일면도
있다.

　　역사는 객관적으로 냉정하게 바라봐야 하므로 식민치하의
질곡과 모순은 별개의 문제다. 그리고 당시의 왕조와 봉건주의,
근대민주주의 혁명사에는 전 세계가 전쟁과 식민지 시대가 공통
분모였다.

　　지식인이자 시인 의사였던 주인공 지바고 오마샤립은
제정러시아 정부의 부패와 그 후 공산혁명의 전쟁 유배를 통해
좌우 이념의 모순에 눈뜨게 되고 이념이 아닌 인간과 사회의
가치에 중점을 두는 자유주의의 중도 민주주의자가 된다. 물론
작가 파스테르나크의 시각이자 삶이다. 좌우 전쟁과 좌우의
부패와 독재를 모두 겪음으로써 좌우를 모두 비판하나 또한
좌우향의 인간과 권력 양쪽에서 검열당하게 된다. 우리의
근현대사도 다르지 않다. 혹한의 시베리아 추위와 굶주림, 적색
좌파와 백색 우파의 대립 전쟁을 치르면서 지신인으로서 자유와
양심을 증언한다. 작가는 릴케와 톨스토이의 영향으로 시인,

문필가였으나 말년에 쓴 닥터 지바고로 노벨문학상 수상의
영예를 안았지만, 당시 공산 정부 브레즈네프 정권의 탄압과
문인협회의 외국 추방 압력으로 수상을 포기하고 조국을 떠나지
않고 2년 후 죽었다.

　진정한 애국자요, 고뇌하는 인문과학자의 모델이다.
우크라이나의 수선화, 해바라기가 장관인 벌판에서 여주인공
라라와 벌이는 수년간의 사랑은 지바고의 평생에 걸친 행복한
시간이었다. 순결한 남녀의 사랑은 고난 속에서 피어나는 한
떨기 겨울 수선화이다.

　사족을 붙이면 우리가 알고 있는 민주주의, 사회주의
이념은 대학을 나와도 모르는 사람이 많고 이해를 제대로
못하는 경우를 많이 본다. 아직도 남북 또는 이념 문제에 갈등,
대립하는 현실에 상당한 원인이 있다고 하지 않을까 싶다.

＊

백두산 가고 싶어라

이번 여름 칠팔월 달에는 백두산을 가 보고 싶다. 예전에
다닐 때는 심양에서 열다섯 시간 기차 타고 조선족 자치구
연변지방에 가서 동포들과 만나고 용정 샘물을 가보았다.
대성학교에서 윤동주 시인과 문익환 목사의 사진을 보며
오래 전 연변대학의 동포학생들과 함께 윤동주 묘소에서 한
기념행사는 잊지 못할 추억이다. 그때 나는 중국이 매우 어려울
때라 조선족 학생들에게 장학금을 지원하고 우리 역사와 문학,
불교사에 대해 특강을 5년간 했다.

그들과 백두산을 답사하고 밤 기차로 고구려 유적지 탐방,
압록강에서 배 타고 북한 바라보기, 고구려 돌무덤과 고구려성,
광개토대왕 장수왕릉 등을 참배하며 감회에 젖었다.

대련으로 가서 배 타고 여순 감옥의 안중근 의사가 갇혀있던
곳을 답사한 후 이어서 생체실험으로 악명을 떨친 747부대를
방문했다. 벌써 세월이 20년이 다 되어 간다. 그때 수십 명의
대학생들은 외국 유학과 취직, 교수, 교사로 일하고 있을

것이다. 참으로 자랑스러운 제자들이다.

춥고 배고플 때의 사랑은 값지다. 배부를 때의 사랑은
공허하다. 종교나 예술이 춥고 배고플 때 진실로 빛이 난다.
매화는 추울 때 향기가 그윽하고 소나무는 혹한에 청한한
기운이 솟는다. 배부른 지도자와 부자 문화인, 종교, 지식인들은
남의 고통이나 어려움에는 눈 감고 모른체 하는게 보통이다.
그러면서 약자들이 불평하거나 저항하면 불순분자로 몰아
세운다.

아마도 동서고금의 역사가 다 그러하다. 공정과 평등은
불가능한 일인가? 나의 평생 화두이며 고민이다. 정의와 평등이
있어야 비로소 자유가 존재한다. 힘 있는 기득권 세력들이
마음대로 하는 것은 정의도 자유 민주도 아니다. 만용이며
죄악이며 탐욕에 불과하다. 좌도 우도 아니고 진보 보수도
아니다. 그냥 욕심에 눈이 먼 승냥이떼일 뿐이다.

이번 여름엔 연변 가는 직항 타고 백두산 거쳐 고구려
광개토왕과 만 여기의 돌무덤떼 보고 싶다. 압록강가에서
노젓고 북한땅 바라보고 싶다. 동포들과 만나 회포를 풀고
싶다. 비록 우리 땅에서 비무장지대를 거쳐 손에 닿는 북한
고구려 고려 옛땅을 가지 못해도 빙 둘러 만주지역 거쳐

잃어버린 북녘땅, 고구려를 다시 기억하고 싶다. 두만강, 하얼빈과 목단강을 돌아 발해 동경성, 황성 옛터를 가고 싶다.

　　잃어버린 우리의 천년 고향을 위하여, 잊어버린 고국 산천을 위하여, 우리의 얼과 영혼, 그리고 사랑과 추억, 슬픔을 위하여.

＊

평화의 집 오혜령 누이께

　　먼저 오혜령 권오정 두 분께 메리 크리스마스와 신년 길상의 행복을 비옵니다.

　　누님의 '날이 밝자 꺼진 등불을 왜 생각하나' 새 책을 받고 잘 읽고 있습니다. 몇 편의 글을 읽고 존재에 대한 성찰과 사랑이 더욱 깊어지셨다는 느낌이 듭니다. 몸과 마음을 절대자에게 바치셨기 때문에 무욕과 무심의 경지에서 사물을 바라보시는 안목같습니다.

　　사실은 저가 얼마 전 중국 동북의 연변대에서 특강을 마치고 하얼빈 조선중학교를 들려서 문득 누님께 엽서를 띄울려고 했는데, 먼 곳이라 엽서보다 사람이 먼저 도착할 것 같아 소식을 전하지 못했습니다.

　　출발하기 전 누님의 신간 소개를 읽었는데, 여전히 맥박 0과 100 사이를 무와 유, 이승과 저승 인간과 신의 세계를 자유롭게 여행하시더군요.

　　무척 고통스러운 시공의 여행이시지만, 보통 사람이

가능하지 않는 세계에 사시는 누님의 정신세계는 무엇일까요.

불교에서는 내가 태어나기 이전의 소식 즉, 부모 미생전의 화두가 있습니다만, 누님의 화두는 바로 그것이 아닐까 합니다.

저는 요즘 혼돈과 모순에 빠져 있습니다. 명상과 독서, 헌신과 봉사로 남은 삶을 보낼려고 하고 있는데, 오랫동안 사회 참여와 인간 구원의 문제에 집착하다 보니 인간 세계의 모순과 사회부조리가 제가 간여하고 있는 불교계 개혁의 문제와 충돌하고 조화가 되지 않아 고민입니다.

그렇지만, 인간의 삶이 힘들고 고통스럽다 해서 삶을 쉽게 포기할 수 없듯이 현실과 실존의 길을 피할 수 없을 것 같습니다.

혜령 누님과 권 목사님 두 분이 부럽습니다. 신앙의 길과 나누는 공동체의 삶이 아름답게 느껴집니다. 인간은 생각하는 갈대이기보다 그저 물질적인 현실주의에 자신을 맡겨 놓은 세상의 오염이 이제는 산중 절간까지 영향을 미치고 그릇된 욕망의 추한 모습을 드러내는 종교 일반과 불교계에 내일의 희망이 사라지는 알 수 없는 불안감과 불신 풍조가 천지를 덮고 있으니 말입니다.

12월 중순에 눈 덮힌 영하 25도의 만주 벌판을 다녀오면

저의 마음이 조금이라도 정화될까 싶었지만, 한국에 돌아오니
또 마찬가지입니다.

아마 얼마 후 1월 중에 또 다시 인도 히말라야산으로 홀로
떠날 것 같습니다. 현실 도피는 아니나 욕심을 비우고 고행하는
속에서 자신을 가다듬고 세상의 이치를 깨달을 것 같습니다.

3년 전에 종단 은퇴를 한다고 성명서까지 발표했으나
끈질긴 인연이 계속 미련을 갖게 합니다. 인도를 다녀오면
인생을 다시 원점에서 시작할 지도 모르겠습니다.

누님댁에 가서 권 목사님과 밤새 이야기하고 할머니
할아버지들과 함께 뛰놀고 싶습니다. 하룻밤 재워 주시겠지요.

동생이신 오세철 교수는 잘 계시는지요? 정의감이 강하고
열정적인 성품은 저와 닮았지요. 오교수가 모시던 백기완
선생은 저도 오래 전부터 친교를 맺고 있는 분으로 훌륭한
애국지사이지요.

누님과 누님과 인연 있는 모든 분들께 평화의 집
가족들들께 새해의 축복이 함께 하시기를 빌어 봅니다.

성탄절을 뒤늦게 축하드리며

1998. 12. 28 소암 올림

＊

북인도 다문화 기행

　레로 가는 도중에 있는 이슬람 지역 조기르에서 갈라진 잔스카르는 아직 못 가봤고 영상만을 눈에 담았다. 걸어서 레까지 열흘이 넘는다는 해발 5, 6천 지역 잔스카르는 하늘로 솟은 절벽과 협곡, 강으로 이루어진 험한 길의 수천년된 동네로 매우 척박하다. 다른 농사는 안 되고 보리와 목축으로 살아가는 주민들이다.

　어린 자식들을 공부시키기 위해 죽음을 마다 않고 머나먼 땅, 레에 자식을 데리고 가는 아버지들의 사랑이 숭고해 보였다. 이 길은 오직 겨울에 얼음이 얼어야만 다닐 수 있는데 지구 온난화 영향으로 이 높고 험한 지역에도 만년설이 줄줄 녹아내린다고 한다.

　지금쯤은 지프차가 다닐 수 있는지 모르겠다. 세계적으로 순례자와 관광객이 지구의 오지를 그냥 내버려두지 않으므로 더구나 히말라야는 전 지구촌의 이상향이며 인류의 마지막 구원처라 하니 말이다.

12년 전 다람살라에 6개월 명상이랍시고 머물러 있을 때 여름 우기 전에 가야 한다고 해서 왕복 2주간을 차와 도보로 다녔다. 잠무에서 밤 버스로 출발해서 파키스탄과 인접한 스기나가르 카쉬미르 지역과 마호메트의 머리털을 모신 조기르 지역을 거쳐 라마유르, 알치를 지나 레에 도착했다.

혼자만의 배낭여행이라 자유로워 가는 곳마다 1박을 했다. 스기나가르 달호수의 선상 게스트하우스와 조기르의 40도에 달하는 찌는 듯한 더위에 살구 향기 아쌈차, 양고기 카레와 이슬람 소년의 천진난만한 모습이며, 우리네 할머니 할아버지를 닮은 사람들, 눈이 매혹적인 소녀들과 이야기 나누고 사진도 찍었다.

이슬람화되기 전에 전부 불교 지역인 이곳이 사막의 유일신 지역이며, 오직 선정국가로 살아가는 그들의 삶이 답답해 보였다. 원래 파키스탄이 대승개혁 불교의 발상지로 전 인도와 광활한 중앙아시아를 지배했다. 그래서 가는 곳마다 이슬람의 코란이 확성기로 울려 퍼지고 하루 다섯 번씩 예배하는 그들의 경건한 모습을 지켜보면서도 인간의 자유보다 종교의 교리와 법률이 강제하는 사회가 안타까웠다.

힘든 버스 여행을 거쳐 불교와 힌두교가 섞인 지역에 들어서자 비로소 긴장이 풀렸다. 힌두교와 이슬람이 대치하고

있는 지역은 지금도 테러와 포격이 그치지 않고 가는 곳마다
경찰 군인들이 호랑이 눈으로 검문하기 일쑤다.

티베트 문화권에 들어서면서 산세와 길은 험했지만
푸근했다. 사람들은 친절하고 미소가 떠나지 않는다. 고도가
높은 척박한 지역임에도 주민들이 정신적 여유가 있고 자비로운
것은 불교의 힘일 것이라 생각한다.

900백년 전 이슬람 침략으로 불교 사원과 전통문화가
거의 파괴되었을 때 알치의 천년고찰 목조건물과 벽화 탱화는
난을 피해 아름답게 보존되었다. 히말라야에서 내려오는
맑고 찬 물에 손 씻고 향기로운 살구를 먹었던 기억이 새롭다.
한낮에 당나귀는 울고 한가롭고 고저녁하며 정원이 아름다운
나무집에서 사흘을 보냈다.

말은 안 통하지만, 그럭저럭 서툰 영어로 소통해서 현지
티베트인들과 여럿이 식사도 함께 나누었다. 떠날 무렵
들이닥친 수십 대의 지프는 나이가 든 서구 관광객들의
차량이었다. 여행은 모름지기 돈과 시간의 속박에서 벗어나야
한다고 믿는 나이지만, 그런 여행을 하는 그들이 부러웠다.

이곳 알치부터 고도가 3천미터이다. 얼마 안 떨어진 레에
가서 또 사흘 머물고 이제 마날리를 향해 버스로만 이틀 동안

달려야 한다. 알치와 레에서 머문 엿새간 심장이 답답하고
호흡이 가쁘다.

오래 전 어떤 한국 승려가 이곳 레 언덕 3천5백미터 고지에
절을 한국식으로 잘 지었는데, 어떤 유명한 승려가 며칠을 못
버티고 내려갔다고 한다. 나도 호흡만 가쁘지 않으면 몇 달
머물면서 명상과 여행을 하고 싶었다. 여기서 불과 1백킬로
떨어진 '헤미스콤파'는 2천여 년 전 예수가 불교 수도승으로
오래 있었던 절이라고 서양학자가 기록했다. 지금도 양피지에
기록한 역사가 전해 내려온다고 다큐멘터리에서 본 기억이
있다. 숨이 차서 못 가본 게 아쉽다. 언젠가는 꼭 가보리라 마음
먹었지만, 벌써 10년의 세월이 훌쩍 넘었다.

해발 3천미터의 고지에서 대평원이 몇 시간 펼쳐졌다.
앞서 잔스카르 지역도 4, 5천미터가 넘는 고지였다. 인도 네팔
지역에서 티베트 히말라야로 가는 길은 대단히 멀고 험준한
반면, 중국에서 가는 히말라야 티베트로 가는 여정은 평탄하여
비교적 가기 좋다고 한다. 실제로 나는 10년 전 운남성 티베트
마을에서 여름을 지내며 여러 지역을 여행한 바 있다. 나중에
일본과 한국에서 다큐로 방영되어 우리에게 널리 알려진
'차마고도'를 답사했다. 비행기로 라싸까지 갈 수도 있으나 가는
곳마다 보려면 여러 날 버스로 가야 좋다. 물론 고행을 각오해야

한다. 언제 다시 가보고 싶다. 히말라야 티베트, 인도 파키스탄 지역은 사람들이 꿈꾸는 이상향이다. 전쟁이 사라지고 식민지 압제에서 벗어나 약육강식의 힘의 논리, 종교와 이념의 굴레에서 벗어나야 여행도 자유로울 것이다. 언제나 가능할 것인지 그날을 기다려본다. 하기야 우리도 남북 분단 70년에 아직도 전쟁이 끝나지 않은 일시적 휴전이니 더 말할 입장이 아닐 것이다. 이래서 인생은 고해인지 모른다.

옛 영국인들의 여름 별장 지역인 마닐라는 숲에 싸인 최상의 피서지로 온천과 풍부한 음식이며 거대한 히말라야의 설산과 엄청난 면적의 계곡이 아름다운 곳이다. 그래서인지 봄부터 가을까지 호텔과 게스트하우스가 수많은 이방인들의 차지가 되곤 한다.

다만 이곳은 히피족도 많고 마리화나를 피우는 사람들이 많다. 한국의 젊은 여행자들이 주의기 필요한 곳이다. 물론 모험을 할 용기가 있다면 경험하는 것도 괜찮지 않을까 싶다. 어차피 인생은 모험의 연속이니까.

＊

삼포 가는 길

어제 밤에 TV문학관 '삼포 가는 길'을 봤다. 1970년대 초 어둡고 쓸쓸한 시대의 궁핍하고 소외된 시절이 작품의 배경이었다.

여러번 봤으나, 나는 혼돈한 게 있었다. 73년도 황석영의 작품으로 영화화되어 노래가 대학가의 상징처럼되어 유명해졌다고 알고 있었는데, 소설 따로 노래가사 따로인 것을 TV문학으로 만들면서 주제곡으로 붙인 것이었다. 소설은 1973년도이고, 가사는 1978년이다.

그런데 이상한 것은 황석영의『삼포 가는 길』과 81년도에 나온 이문열의『젊은 날의 초상』이 왜 같은지 알 길이 없었다. 요즘 인기 작가 신경숙이 예전 일본 유명 작가의 글을 그대로 베꼈다 해서 한참 시끄러웠는데, 혹시라도 이문열의 출세작인 『젊은 날의 초상』이 황석영의『삼포 가는 길』을 모방했다면 사과하고 진실을 밝혀야 마땅할 것이다 .

줄거리와 배경 등장 인물이 조금씩 다르지만 설정과

스토리가 비슷했으니 말이다.

차제에 권위 있는 작가와 평론가가 밝혀주면 좋겠다.
신경숙은 90년대의 유명작가로 출세했고, 이문열은 80년대
전두환 정권시절에 유명세를 타고 문단 권력을 누리던
작가이다. 두 분 다 보수 언론 조선일보의 영구 심사위원을
지냈다.

세월이 흘러 이문열은 이념을 졸업하지 못한 채 끝내 반공
이데올로기에 갇힌 보수작가로 전락했다고 말한다. 반발하는
독자들에게 자신의 책을 불사르라고 외친 고집불통이 그
증거라고 볼 수 있다.

각설하고 이혜민 작사 작곡의 '삼포로 가는 길' 노래는
대학가의 노래로 유명했고, 우리 시대 명시 명곡이 되었다.

70년대 가난하고 불안한 시대에 장돌뱅이 혹은 대학
중퇴의(운동권 청년 황석영과 이문열의 주인공 설정이 다르다)
주인공과 감옥에서 나온 칼갈이 중년과 술집 아가씨가 똑같이
설정되었다. 이들 세 사람이 눈내리는 벌판을 하염없이
걸으면서 굶주림과 추위를 참고 목적지에 도달한다는
스토리이다. 이문열의 작품에는 주인공이 대학으로 돌아가는게
끝이고, 황석영의 작품에는 장돌뱅이 중년이 아가씨와

플랫폼에서 작별하는 장면이 퍽이나 인상적이었다.

황석영의 작품은 TV문학관으로 남고, 이문열의 작품은 베스트셀러에 영화화까지 되어 돈과 명성을 얻었다.

나는 보수적이고 불통인 이문열보다 진보적이고 인간적인 황석영을 훨씬 신뢰한다. 그의 또다른 역작 『장길산』도 기념비적인 작품이다.

물론 영화와 TV문학관으로 만들어진 두 작가들의 작품과 시대배경, 주인공, 특히 삼포와 청춘의 여주인공을 좋아한다 배종옥의 쌀쌀맞고 매력적인 술집 아가씨 역은 지나간 시대의 우리 누이들의 초상이다. 얼마나 이 땅의 여성들은 자신을 위해 또는 남성을 위해 몸과 마음을 바쳤는가! 물론 남성들도 이 땅의 근대화와 국방을 위해 전쟁터에서 건설 현장에서 청춘을 불살랐지만.

여성들이 아니었으면 가능했을까 싶다.

'바람 부는 저 들길 끝에서 삼포로 가는 길 있겠지. 아! 뜬구름 하나 삼포로 가거던……'

1970년대와 1980년대의 표상이며, 우리 시대의 애절한 자화상을 상징하는 노래이다. 시대가 바뀌어 2천년대 하고도 15년이 지났다. 그때의 70 80세대의 청년 대학생들은 환갑이

지났다. 인생무상이다.

　세월이 흐르고. 세대가 바뀌어도 인간 정신은 변함이 없을 것이다. 나 또한 해방 후 세대로 많은 질곡과 환란을 경험했다. 어떻게 보면 죽지 않고 살아온 것만 해도 행운이고 축복이다.

　다만 젊은. 청춘 세대와 발랄한 어린이들을 보면서 자유와 평화가 영원히 지속되기를 희망한다.

　사족을 붙이면 삼포는 경남 진해시 웅천인데, 일찍이 가야 시대를 처음 연 허수로 여왕이 인도로부터 돌배 타고 불경과 차씨, 돌탑을 가져온 곳이라 한다. 1980년대에 가봤는데, 예전에는 포구와 산이 있는 벌판이었다. 도자기의 명가터이기도 하다. 나는 삼포가 강원도의 어딘가로 생각했다. 여하튼 삼포는 우리의 이상향이며, 마음의 고향이 아닐까 생각한다.

※

음양오행설

주역周易에서는 만물의 기원을 무극無極, 태극太極이라 한다. 무극은 태극을, 태극은 음양과 오행을 낳았다고 한다.

세상 만물은 음양오행으로 이루어지고 유지된다. 무극은 무無이고 공空이다. 숫자로 나타낸다면 무극은 텅 빈 0이고 태극은 1이며, 허공에 점 하나 찍는 것이고 종교의 상징인 창조주 하나님이다.

재미있는 사실은 근대과학이 발달되기 이전인 서양은 물론 피타고라스의 수학에서도 1로 시작되었으며 0의 개념을 몰랐다고 한다. 0은 고대 인도철학에서 유래되었고, 그 뒤 중국으로 불교가 전해지면서 공空으로 번역되며 공은 다시 무극의 무로 바뀌게 된다.

제로의 발견은 뉴턴의 사과나무와 같은 위대한 발견으로 꼽히며 근대과학의 초석인 물리, 천문, 철학, 수학의 획기적인 변화와 발전에 기여하게 된다.

일상의 삶을 살아가는 보통사람들은 아무런 영향이

없다고도 할 수 있으나 분초를 다투고 털끝만큼의 오차와 간격이 허용되지 않는 전자나 기계문명에서는 제로의 개념이 거의 절대적인 가치를 지닌다.

육상선수들의 기록 차이가 1단위가 아닌 제로 단위이고 로켓 발사 시각이 분 초대가 아닌 제로 시간대이며 정치용어로 제로섬 게임이라는 말까지 등장했다.

원시시대에서 농경시대로 산업화시대에서 정보화시대로 바뀐 지금, 사람들은 1분 1초와 1m, 1cm, 1g이 아닌 천만분의 1초, 천만분의 1mm. 천만분의 1g까지 구분하는 전자문명에 살게 되었다.

반도체란 작은 칩은 전자 제품에 필수적으로 들어가는 메모리 기능의 두뇌 역할이다. 반도체가 개발되기 이전의 컴퓨터, TV, 라디오 등은 본래 엄청난 크기와 성능이 좋지 않았으나 반도체 덕분에 아주 작은 크기로도 성능이 뛰어나다.

다시 음양오행 이야기로 돌아가 보자.

태극 1은 음양의 2. 3을 낳고 음양은 오행의 배수를 낳는다. 음은 짝수로 땅이고 북쪽이며 그림자, 물이고 암컷, 여자이며 겨울에 속하고 검정색이고, 달이라면 양은 홀수이며 하늘이고 남쪽이며 빛, 불이고 수컷, 남자이며 여름에 속하고 붉은색이고 태양이다.

음양을 구체적으로 나눈 것이 오행인데 금, 목, 수, 화, 토이다. 금은 백색이며 가을로서 서쪽이다. 목은 청색이고 봄이며 동쪽이다. 수는 흑색이고 겨울이며 북쪽이다. 화는 홍색이고 여름이며 남쪽이다. 토는 바탕색인 황색이며 중앙이다.

고대 중국에서는 우주의 생성, 만물의 기원, 인간의 길흉, 계절의 변화를 전부 음양오행의 원리로 설명하였고 몸을 소우주라 하여 육체의 질병과 건강상태도 이의 조화 또는 불균형에서 찾았다.

동양의 최고 고전이며 최고의 지혜인 주역은 현대과학의 원리와 부합되리만치 대단히 과학적이다. 그리고 창조와 소멸, 평화와 파괴의 문명을 제시해 주는 예지의 창고라고 본다.

또 하나의 놀라운 예지의 세계는 고대 인도의 우파니샷트이다. 불교, 힌두교에도 깊은 영향을 준 우파니샷트에는 주역과 같이 우주만물의 요소를 지地, 수水, 화火, 풍風으로 설명한다.

지는 땅이고 흙이며, 동물로 비유하면 근육, 피부, 뼈, 혈관 같은 형체 있는 물질이다. 수는 물이며 혈액, 수분이 모두 포함된다. 화는 불이고 따뜻한 체온이며, 풍은 바람이고 자연과 인간의 변화를 의미하며 호흡과 같다. 어떤 동식물과 모든

존재는 지수화풍地水火風의 사대四大 요소로 이루어졌고 해체될 때
역시 지수화풍으로 돌아간다. 그리하여 인간을 비롯한 생명체는
생로병사가 있고 세계는 생주이멸生住移滅이 있으며, 우주는
성주괴공成住壞空의 원리 안에서 늘 반복한다고 한다. 생명체에
생로병사가 있고 또 반복하므로 부정할 수 없는 진리이며
지구가 생겨난 이후로 화산과 지진의 영향, 혜성과 별똥별의
지구 충돌, 빅뱅의 영향, 대륙의 이동, 바다가 육지로 변하는
많은 과정을 거친 것은 분명 생주이멸인 것이다.

　과학자들은 20세기에 들어와서 지구 온난화의 영향으로
남극이 녹고 바닷물이 높아지는 역 현상을 이야기한다. 혜성과
UFO의 출현, 인간의 지나친 탐욕이 원인이 되는 지구촌 재앙
역시 생주이멸의 현상이다. 광대한 우주 역시 예전 사람들은
그저 신비하게 생각했던 것이 요즘의 첨단과학에서는 생멸, 곧
사라지고 생겨난다라고 하니 성주괴공이다.

　하루에도 수많은 샛별이 탄생하고 수많은 별들이 블랙홀로
사라진다. 지구를 포함한 태양, 위성들도 한정된 수명을 가지고
있다 하므로 성주괴공의 원리에서 한 치도 벗어날 수 없다.

　음양과 오행이 조화될 때 창조와 평화의 원동력이 되지만
충돌하고 불균형을 이룰 때 파괴와 갈등을 초래한다. 전자를
상생相生이라 하고 후자를 상극相剋이라 한다. 그러나 주역의 변화

즉, 천지 자연의 도道는 무궁무진해서 변화무쌍하다. 상생이
상극이 될 수도 상극이 상생이 되기도 한다. 지나친 복이 재앙이
될 수도 있고 재앙은 변해서 복이 될 수 있는 이치와 같다.
문제는 어떻게 천지 자연의 오묘한 섭리를 알아서 조화를 시킬
것인가에 달려 있는데, 내 생각으로는 진인사대천명의 최선을
다해 성실한 삶을 살아가는 자세가 중요하다고 본다.

음양의 기운과 오행의 원리가 천지에 다 필요하듯 인간사에
있어서도 똑같이 필요하다. 불기운이 있으면 물기운도 필요하고
밥을 먹으면 배설해야 된다. 길은 사방팔방으로 열려 있어
필요에 따라 선택하면 된다. 겨울이 가면 봄이 와야 하고 딱딱한
것은 부드러움과 조화되어야 생명력이 있다.

우리 사회에는 언제부터인지 한 가지만 강하게 주장하는
획일주의가 지배하는 풍토가 되었다. 그리하여 크고 힘센 것,
화려한 것, 우수한 최고 최대의 것만을 제일로 여기고 나머지
것은 별로 쓸모없다든지 최고를 위해 나머지는 희생되어야
한다는 힘의 논리를 숭배하게 되었다. 그렇게 되다 보니 사회의
조화가 깨지게 되고 평화가 파괴되어 힘 강한 자만 살아남고 힘
없는 사람은 살 수 없게 되었다. 수입 물고기가 토종 물고기를
잡아먹듯이.

큰 산일수록 큰 나무와 작은 나무, 꽃 풀이며 갖은

산짐승이며 물, 바위 등이 조화롭게 존재한다. 작은 동산은 인위적으로 가꾸다 보니 나무 몇 그루와 철창 속에 갇힌 동물 몇 마리가 고작이다.

또, 한 예를 들면 우리 사회에 깊이 뿌리박힌 고질병, 레드콤플렉스이다. 붉은색은 하늘이고 남쪽이고 불이며 여름인데 만물의 성장을 의미한다.

인과원리와 상생, 상극의 원리로 파악되어야 할 사회주의와 붉은색은 오랜 냉전 체제 곧 흑색이며 겨울이고 땅으로서는 불기운을 보완해야 언 땅이 풀리고 냉전을 종식시키며 만물을 생장케 할 것이다. 아직까지도 피해 관념이나 적대적인 감정의 차원을 넘지 못하고 있다. 그런데 조건반사적인가, 거리에 나가보면 붉은색 간판, 붉은색 옷이 가장 많고 실내 단장도 화사한 홍색 계통이 많다.

인체에 가장 중요한 혈액이 붉고 물 문제와 함께 에너지는 지구의 양대 자원으로서 미래 인류의 생존 문제와 걸려 있다.

전통적으로 한국인은 사계절이 뚜렷하고 자연의 혜택이 뛰어난 땅에서 살아왔으므로 음양오행의 조화, 강한 것과 약한 것, 딱딱함과 부드러움, 큰 것 작은 것, 찬 것과 더운 것, 밝음과 어둠 등을 잘 가려왔고 슬기롭게 활용하는 지혜를 가지고 있었다.

조선조 말의 쇄국과 망국, 특히 해방과 더불어 닥친 흑백 이데올로기는 끝내 전쟁과 분단으로 이어졌으며 증오와 대립으로 굳혀졌다.

음과 양, 오행을 전부 쓸 수 있는 지혜를 가진 사람과 그렇지 못한 사람의 수준은 무엇인가. 참된 용기, 진정한 승리자, 현명한 사람은 집 안이든 집 밖이든, 여름이든 겨울이든, 검정 옷이든 붉은 옷이든 개의치 않는다. 이 사람의 마음은 항상 하늘로 향해 열려 있으므로 천지자연의 기운을 받고 사람과 다른 존재에게 덕과 사랑과 기운을 내뿜는다.

용기가 없는 비겁한 사람은 만용을 용기라 착각하고 총칼 같은 무력으로 남을 위협하는 패배자에 불과하며 지극히 어리석다. 이 사람은 어디에 있든 불안하고 불안감을 조장한다.

빛보다 그림자, 삶보다 죽음, 통일보다 분열, 인간보다 약점, 민족보다 이념, 사랑보다 증오를 가지고 있는 까닭이다.

나는 우리 사회가 아직도 검정빛 망토를 걸친 겨울과 죽음의 긴 터널을 벗어나지 못했다고 생각한다. 무고한 국민을 살상하고 나라를 거덜나게 만든 반역의 무리들은 아무리 중죄를 지어도 괜찮고, 보라! 정의와 진실을 말하는 사람, 특히 젊은이들의 애국 충정에서 나온 행동은 붉은색으로 낙인 찍어서 쥐도 새도 모르게 잡아가고 고문해서 죽이는 일이 다반사가 아닌가. 봄이 왔으되 진정한 봄이 아니요춘래불사춘 春來不似春, 꽃이 피었으나 꽃 같지 않다화개화상사 花開花相似. 불기운이 눈과 얼음을 녹여 천지에 따뜻한 기운과 찬물이 서로 만나 조화를 이루어야 한다. 불을 두려워하고 멀리 하면서 찬 기운만으로 어찌 꽃을 피울 수 있으랴. 뼛속까지 박힌 얼음이 녹기 전에는 아직 봄이 왔으되 봄이 아니다. 차가운 바람이 몰아치는 2. 3월의 꽃샘추위처럼 긴 겨울의 침묵에서 깨어나야 한다. 잃어버린 뜨거운 사랑과 분홍빛 하늘, 따뜻한 남쪽 나라를 위해 우리는 무엇을 해야 하는가.

기약 없이 잡아 가둔 하늘 기운氣運이 백년 감옥에서 풀릴 날은 언제인가, 시름에 잠긴다.

※

멋·맛·흥, 음식문화 이야기

황금돼지해의 설날이 지나갔다. 이번 6일간의 연휴는 연중 가장 긴 연휴라, 외국여행이든 국내여행이든 전국적으로 인파가 많이 붐볐다는 뉴스보도이다.

내가 머물고 있는 부산 경남의 대사찰도 설다례에 신도와 참배객들로 교통체증이 심했고 시내 번화가에는 청장년층들이 북적거렸다.

예전과 달리 요즘은 국산 먹거리도 풍부하고 전 세계에서 들어오는 육해공군의 온갖 먹거리가 어디를 가도 넘치다보니 마음만 먹으면 산해진미가 눈앞에 있다.

왕조 시절의 궁중음식보다 더 화려하고 가지수도 많다. 고급식당이며 전문식당과 특급 호텔의 각종 요리는 돈 있는 미식가와 음식 탐미주의자들의 천국이다.

그래서 이제 음식은 단순히 배를 채우고 영양과 칼로리를 보충하는 개념이 아니라 식문화 예술이라 한다. 수천년 유서 깊은 중국요리를 필두로 일본요리 프랑스요리가 세계에 널리 퍼지면서 덩달아 유럽 인도요리가 확산되고 여행을 통해 각종 식재료와 요리법이 TV와 인터넷과 책을 통해 보급된다.

한식도 이에 질세라 각종 음식이 소개되고 매일 TV에 방영되며 인기배우와 개그맨들의 먹방은 시청률을 끌어올린다. 영양사와 의사 한의사 교수 요리전문가 연예인들이 한데 어울려 일반음식과 약용 식재료를 소개하고 인기 높은 요리사업가 백종원 사장이 가는 곳에는 음식점이 대박을 치는 진풍경도 요즘의 우리 대중문화다.

그리고 수년 전부터 뜨고 있는 베트남의 다양한 쌀국수 맛에 흠뻑 빠진 연예인과 여행객들의 영향으로 이번 설에도 동남아의 최고 인기 여행지가 되고 있는 베트남은 매력적이고 핫한 관광지임에 틀림없다.

필자도 수년 동안 태국을 다녔으나 세 번 간 베트남은 또 다른 매력을 간직한 도시가 여러 곳이다.

북미 회담이 유력하게 거론되는 하노이와 다낭은 지금 전 세계에서 관광객들이 선호하는 지역이지만 중국, 한국인들이 가장 많고 일본과 프랑스인들도 적지 않은 곳이다.

아직 때가 덜 묻은 대자연의 바다와 강, 산과 도시 시골 그리고 저렴하고 입맛에 맞는 음식에 친절한 사람들, 거리에 경찰이 별로 안 보여도 치안이 잘 되고 있는 베트남을 누가 좋아하지 않겠는가.

1960년대 베트남 전쟁 때 미국의 권유로 참전해 베트남에
큰 피해를 준 한국인의 미안한 감정도 한 몫한다고 보면 되겠고
동남아인 가운데 베트남 여성과의 결혼율이 가장 높은 한국이
사돈국가로 친근한 관계도 영향을 미치지 않았을까 생각한다.

3모작이 가능한 베트남의 풍부한 곡물과 불란서 식민시절
재배한 백년 역사의 커피와 각종 쌀국수, 부드러운 육고기,
풍성한 야채 과일 생산은 베트남 음식문화의 원천이다.

작년 가을에는 2주간 배낭 여행으로 다낭 호이안을
다니면서 자연환경과 사람, 먹거리 문화를 지켜봤고,
재작년에는 천년 고도 하노이와 훼의 역사 유적지를 살펴보다가
옛 왕궁의 담벼락에서 한가하게 풀을 뜯고 있는 큰 물소와
우리네 황우와 같은 토종 소를 보고 놀랐던 적이 있다.

동남아의 소가 모두 물소로만 알았으나 쌀국수에 넣은
쇠고기가 왜 그렇게 부드러운지 의문이 풀렸다. 그러니까
베트남의 음식이 환영받는 것은 우리가 거의 공장식 육고기에
양식 생선인 반면에 베트남은 아직 자연산이라는 것이다.

여행 비용이 적어 절약하다보니 주로 오토바이와 도보로
여행을 다닌 탓에 전세버스에 택시를 타고 다니는 한국
관광객보다 더 많이 다니고 관찰할 수 있었는데, 우리가 과거에

알던 가난하고 난폭한 공산 베트콩이 지배하는 베트남이
아니라, 천년의 역사와 문화를 보전한 자존심 높은 나라답게
강대국의 외세를 물리치면서, 한편으로 그들의 경제와 문화는
수용한 지혜가 돋보이는 베트남이 매력으로 비치는 것은 당연한
일이었다.

✳

발해 황성 옛터

　　연변대학의 초청 특강을 마치고 용정 명동촌에 있는
시인 윤동주의 생가를 방문했다. 몇 해 전 연길에서 연구할
때 대학생들과 함께 윤동주 묘소를 참배하고 시 낭송을 하던
기억이 새롭다.

　　생가는 야트막한 산 밑에 아담하게 자리잡은 조촐한
기와집으로 일찍이 개화에 눈뜬 그의 외조부가 세운 학교와
교회당이 가까이 있다. 나무가 많지 않아 넓은 대지가 황량하게
펼쳐지는 이곳에서 윤동주와 문익환목사이 태어나 어린 시절을
보낸 것을 생각하니 감회가 깊다.

　　다음 날 새벽 일찍 목단강행 열차를 탔다, 도문에 도착해
아침밥을 먹었다. 따뜻한 아랫목에서 드는 미역국 맛이 좋았다.
3월 말이라 하지만, 북만주의 기후는 아직 겨울이다.

　　식사 후 짧은 시간을 이용해 두만강을 사이로 중국과
북한의 국경선인 남양에 갔다. 북한 쪽을 눈여겨봤더니
놀랍게도 세 사람이 이쪽을 향해 걸어오고 있는 게 아닌가. 어떤

사람들인지 궁금한 것을 참다못해 다리를 다 건너올 때까지
쳐다보았는데, 군복을 입은 민간인들이었다. 매우 남루한
차림에 피로한 기색이 역력했다.

재촉하는 박사 과정의 임선생을 따라 얼른 택시를
잡아탔다. 열차 시간에 맞춰야 하므로 다시 다섯 시간을 달려
열차는 동경성에 도착했다. 여기서 목단강까지는 몇 시간 더
가야 하지만, 발해 왕궁터는 십여 분밖에 안 된다.

먼저 남문을 통해 성안으로 들어갔다. 비록 문과 성벽은
허물어져 없었지만 일직선 도로와 토성의 규모가 주위를
압도한다.

서울의 백제 토성과 견줄 수 있는 토성들은 동서남북 각각
4km의 정사각형 거대 도시이다.

발해 집터였다는 초등학교 건물을 둘러보고 박물관으로도
쓰이고 있는 발해 사찰을 방문했다. 우람한 비석, 석불,
한국에서 볼 수 없는 거대한 석등이 남아있다. 기이한 것은
아기를 안은 삼신할매 같고 지리산 천왕모 같은 천왕모의
모습이 중국인보다는 조선 사람을 빼어 닮았다.

석탑사를 뒤로 하고 성안 도로가 지금의 8차선이나 될 만큼
넓고 긴 신작로와 발해 사찰 유적지라고 쓴 표지석 옆에 서서
나는 한동안 발해의 혼을 그려보았다.

황량한 들판 위에 부서진 기왓장을 들고 발해는 잊혀진 역사가 아니라, 지금도 진행 중인 현재형이요. 우리의 미래여야 된다고 생각했다.

왕궁터에 걸어서 가자고 하는 임선생을 설득해 바퀴 셋이 달린 택시를 탔다. 이 넓은 터를 걸어서 다닌다면 아마 하루 이틀쯤 더 머물러야 하므로 시간을 아껴야 했다.

궁터 입구에 세워진 약도를 보니, 비록 발해가 고구려 멸망 이후 건국되었지만, 만주 전역은 물론이고 지금의 러시아 및 극동지역까지 뻗은 엄청난 영토를 장악한 대국임을 깨닫는다.

구멍이 숭숭 난 곰보 자국의 화산석으로 이루어진 견고한 성문이며 축대, 주춧돌, 건축구조를 돌아보면서 역사 무상의 서글픔을 느꼈다.

270년간 존속한 발해의 멸망 원인을 글안족의 침입과 백두산의 화산 폭발에서 찾는 학자들이 많다. 불가항력의 천재지변으로 그 틈을 탄 요나라 글안족의 침입 때문이 아니겠는가고 여긴다.

다음 날 가기로 했던 목단강가, 발해 무덤, 조선족 마을 등을 지나가는 지프차를 타고 단숨에 돌았다. 따뜻한 날씨 비옥한 땅, 드넓은 대지 옆으로 목단강이 휘감아 도는 평화의 마을에 발해의 영광이 소리 없이 타오르고 있음을 나는 보았다.

그것은 마치 목단강의 맑은 물에 비친 붉은 노을과도 같이
아름답고 우리네 옛 보름달처럼 정겨웠다.

✽

오, 바이칼호!

꿈에 그리던 바이칼 호수는 어느 날 흘연히 내 눈앞에
펼쳐졌다.

블라디보스톡을 떠난 특급열차는 닷새만에 시베리아
제2의 도시이자, '러시아의 파리'라는 아름다운 이르쿠츠크시에
도착했다.

인구 70만 명의 일제 때 한국인 항일 유적지가 남아있는
친근하고 깨끗한 도시이다.

우리민족서로돕기운동본부 주최로 러시아 동포의 시베리아
강제 이주 60주년 기념행사에 동참한 것은 여러 가지로 뜻깊고
보람 있는 일이었다.

동포들을 만나 회포를 나누는 것 외엔 한때 세계최대
강대국이었고 과학기술 제1의 구소련을 세계 최장의 환상적인
시베리아 철도 여행으로 감행하는 것 하며 특히, 바이칼호를 볼
수 있다는 희망 사항은 나로 하여금 가슴 설레이게 만들었다.

역전에서 동포들에 의한 조촐한 환영식을 마치고

바이칼호로 향했다. 도로변의 소나무 전나무가 울울창창하고
은빛 자작나무는 단풍이 들어 온통 금빛 광명을 발하고 있었다.

그렇게 한 시간 정도 달렸다. 통나무로 지은 별장
주택이 동네를 이루더니 앞으로 바다인지 호수인지 모를
일망무제一望無際의 쪽빛 창해가 펼쳐졌다. 나는 차에서
내리기 무섭게 물가로 먼저 달려갔다. 그리고 수평선을 보고
심호흡하면서 기도를 드렸다.

오! 바이칼이여, 바이칼 민족의 신이시여, 천지신명이여,
굽어살피소서. 세계로 흩어진 바이칼 민족이 하나가 되게
하소서. 남과 북 러시아와 만주 미국 일본 등 해외 모든
한민족이 평화공동체로 모이게 하소서. 분열과 증오를 버리고
통합과 사랑으로 뭉치게 하소서. 그리고 바이칼 신이며,
칠성님이며, 단군님, 부처님, 하나님을 한 번씩 불러 보았다.

열차 시간을 맞춰야 하므로 우리들은 장소를 옮겨 이십
여분 더 머물렀다. 삼십분 정도의 시간 때문에 나는 머나먼
길을, 그것도 수년 전부터 꿈꾸어 왔던 길을 달려왔던 것이다.

길이 636km, 넓이 80km 길이 1740m라는 세계 최대
담수호의 물맛은 매우 차갑고 약간 쓰다. 한 통의 물을 얼린
담아 하루 내내 마셨다. 아무 탈이 없을 만큼 식수로 훌륭했다.

들리는 말에 따르면 독일 자본으로 세계시장에 내다 판다고

한다. 경우를 따지면 한국이 우선권이 있는 게 아닐까 싶다.
바이칼은 한민족의 원류이며 원초적 고향이므로.

바이칼을 보기 전 날 기차는 칠흑 같은 밤을 바이칼 옆으로
달리고 있었다. 내가 새벽 6시에 깨어났을 무렵 먼 불빛에
바이칼 물살과 고기잡이 배가 드문드문 희끄므레하게 보였다.

바이칼을 보면서 나는 좀 더 확실히 깨달았다. 세 번 올라간
백두산에서 민족을 보았다면 바이칼에서 세계를 보았다.
그 옛날 바이칼을 무대로 삼은 한민족은 유라시아 대륙을
지배하면서 동과 서를 자유롭게 넘나들었을 것이다. 여기에서
몽골 · 발해 · 만주로 뻗어나가고 여기에서 고구려 백제 신라로
가지가 벌어지고, 여기에서 헝가리 핀란드 혹은 아메리카
인디언이며, 알래스카 에스키모로 티베트 네팔로 벌어졌을지도
모른다.

대륙을 활보하던 기마민족의 후예들이 오늘날 좁은 반도에
살면서 드높은 기상을 잃어버리고 눈앞의 이익에만 집착하는
왜소한 민족이 되었을까 생각하니 새삼 분통이 터진다.

＊

샹그릴라를 찾아서

지난 여름 나는 두 달 동안 중국 티베트 도시 샹그리라에서 지냈다. 지루한 장맛비가 끝나고 불볕더위가 시작될 무렵 중국 운남성 수도 쿤밍에 도착했을 때는 장마가 한창이었다. 추시옹楚雄시에 지진이 발생해 사상자가 났다는 보도를 접하고 여행에 장애가 되지 않을까 걱정했으나 그곳 사람들은 아무 문제가 없다고 해서 안심이 되었다.

쿤밍에서 빠이주 자치주 따리大理까지 일곱 시간 반이 걸렸다. 버스로 가면 다섯 시간 걸리는 거리를 기차를 괜히 탔나 싶었다. 쿤밍에 오면 반드시 들르는 이곳 따리는 옛날 남한의 5배가 넘는 운남성을 지배한 왕국의 수도, 몽골 칭기즈칸에 끝내 맞서다가 망국으로 간 비운의 민족이다. 여러 번 다녔지만 올 때마다 느끼는 것은 우리 민족과 닮은 문화가 눈에 띄어 친근한 마음을 느낀다. 흰색을 숭상하는 것. 불교 신앙이 살아 있는 것 하며 북방 민족의 특색인 몽골리안계로서 남자들은 우리네 아저씨 같은 인상이고 여성들은 이목구비가 뚜렷한 백옥 같은 미인이 많다.

해발 4천의 창산滄山은 설산의 눈과 구름으로 뒤덮여 있고
그 아래에는 넓은 평야에서 바라보면 내가 부산 앞바다와 김해
평야에 와 있는 듯 착각할 때가 있다. 처마가 우뚝 올라간
기와집에 기름진 쌀밥, 김치, 된장, 쌈장, 청국장, 장아찌며
돌솥밥, 돌솥 매운탕까지 닮았으니 어찌 감탄하지 않으랴.

중국의 오랜 지배로 소수민족의 문화가 많이 사라졌으나 내
눈에 그들 고유문화가 돋보여 묻기도 하고 설명해 주기도 한다.
전번의 세 번째 방문 길에는 '高麗餅고려병 :고려떡'이라는 글자를
식당에서 찾아내었다. 아마 고려 시대에 육로, 실크로드와
해상무역으로 우리와 상호 교류한 흔적일 것이라고 생각한다.

다시 서북쪽으로 세 시간 차를 타고 올라가면,
세계문화유산으로 지정된 나시족納西族의 기와집 고성古城이
장관을 이룬다. 거대한 관광단지로서 인사동 수십 배에 달하는
고도古都가 온통 관광객으로 북적댄다.

지배민족인 한족 정부가 길을 닦고 고층건물을 짓는 것은
소수민족의 생활을 발전시키는 측면이 있으나 지나친 개발의
결과 고유한 전통문화는 파괴되고 그 경제적 이익은 결국
한족들이 차지한다는 여론을 현지인들에게 여러번 듣기도 했다.
며칠 동안 리쟝麗江의 기와집 민박에서 지내고 다시 서북쪽으로

향했다. 이번 길은 단순한 여행보다는 티베트 촌에 가서 명상과 소수민족 문화연구에 목적이 있었으므로 힘든 여행과 불편한 생활을 각오하고 있었다. 간단하게 죽 한 그릇을 비우고 한국 대학생인 김군, 장군과 작별하고 버스에 올랐다. 배낭여행이 재미있으나 고된 것은 마찬가지겠지만 이번 역시 같았다. 비포장 도로의 매우 가파른 길에 굽이굽이 산길을 올라가는데 무려 8시간이 걸렸으니 말이다. 산림과 협곡을 건너고 고개와 마을을 무수하게 지나 도착한 곳은 샹그릴라香格里拉였다.

중국 지명으로 쫑디엔中甸이라 부르는 곳이다. 시가지는 신시가지와 구시가지로 나뉘는데, 신시가지는 그 유명한 1933년 영국 소설가 제임스 힐턴의 『잃어버린 지평선』의 무대임을 뒤늦게 알고, 중국 정부가 대규모로 개발한 관광도시이다.

샹그릴라의 진정한 모습은 쏭찬린쓰松贊林寺 티베트 대사원을 본산으로 하는 전통 마을과 대협곡 대초원 대산림 대설산 등에 있다. 여기서 티베트 수도 라싸까지는 장장 3000km가 넘는다 하니 칭짱靑藏고원의 끝자락이자 입구인 셈이다. 차가 다니지 않았던 예전에는 그야말로 지구상의 오지였을 것이다.

어쨌든 한국인 여행자가 아직은 소수인 이곳을 내가 머물렀을 때는 한낮의 태양이 투명하다 못해 살을 태울 것 같은 뜨거움이었으나 저녁이 되면 가을 바람의 청량함이 느껴지곤 했다. 1, 2차 세계대전으로 경제공황과 지칠 대로 지친 서방인들에게 샹그릴라는 이상향이었고 꿈의 지상낙원이었다.

끝없는 대초원에 펼쳐진 꽃들, 여기저기 뛰노는 야생동물들……. 해발 6,700m의 메이리梅里 설산雪山의 장엄한 위용과 만년설이 녹아 큰 강을 이루며 흘러내리는 모습 등은 가히 에덴동산에 다름없었으리라. 나는 실제로 샹그리라 대삼림의 솔밭에서 채취한 송이버섯을 티베트 산골 사람들을 통해 한 달 이상 수없이 맛보았다. 버섯이라는 버섯, 약초라는 약초가 설산의 고원지대에서 생산되는 것은 경탄 그 자체였다.

그 뒤 나는 아슬아슬한 계곡을 따라 티베트 촌에서 여름을 보냈고, 메이리 설산 밑에 있는 대빙하와 그림 같은 유에량月亮 대협곡, 전설적인 천년 여인왕국 루꾸후瀘沽湖에도 힘들게 가 보았다. 지면 관계로 소개하지 못함을 유감으로 생각하면서 티베트인들의 경건하고 소박한 삶은 물질문명과 공해로 찌든 현대인들에게 구원의 빛이 될 것이라고 믿어 의심치 않는다.

※

황소개구리

　소나무가 울창하게 빼곡 들어찼던 고향 산하에 아카시아, 오리목, 버드나무 등 외래종 잡목들이 번성하더니 이제 풀포기, 곤충, 어류마저 외래종이 득세하고 있다.

　돼지풀이란 놈은 번식력이 대단히 강해 재래종 풀들을 몰아내고 이 땅을 잠식한지 오래다.

　식용으로 들여온 황소개구리는 20여 년 동안 엄청나게 불어나서 전국 어느 산천에도 쉽게 목격된다고 한다. 뱀이 개구리를 잡아먹는다는 말도 옛말, 황소개구리는 토종 개구리, 뱀 등을 닥치는 대로 먹어치워 토종 뱀, 개구리의 씨를 말리는 것은 물론 하천을 심하게 오염시키고 있다.

　강이나 댐 같은 곳에서는 또 블루길이니, 배스니 하는 미국 이름의 물고기가 활개치면서 토종 붕어와 미꾸라지며 메기 등의 작은 물고기를 거침없이 먹어 치운다.

　사람이든 짐승이든 혹은 초목이든 자기가 태어나고 성장한 곳의 하늘 기운과 땅 기운과 음식 기운을 받아야 건강한 법이니 곧 신토불이 사상이다.

내 몸이 나를 낳아준 땅을 여의면 안 된다. 왜냐하면 나와 땅은 둘이 아닌 하나이므로 그래서 이 땅 한국의 하늘 땅, 공기, 물은 그 대상이 사람, 짐승, 초목이든 어떤 생명체든 골고루 자연의 혜택을 베푸는 것이다.

한반도의 모든 생명체들은 수천 수만 년을 거쳐 이 땅에 가장 알맞게 배양 발효 정착의 단계를 거쳐 한 몸으로 개체화個體化 되었다. 범신론적인 사유방식이라 할지 모르나 나는 푸른 창공, 흰 구름, 바위, 길섶에 무심히 피어 있는 풀꽃을 바라보면 왠지 눈물이 난다. 눈물 나도록 사랑해서일까.

인간이 소유주라는 말도 있지만, 아무튼 내가 소중한 만큼 오염되지 않은 흙 한 줌, 풀 한 포기에서 생명의 외경을 깨닫는다.

수백 수천 년을 이 땅에 가장 알맞게 가꾸어 온 금수 초목을 비롯 인간들까지 순종을 찾기가 힘들게 되었다. 토종 씨 말리기와 외래종의 번창은 단지 돼지풀과 황소개구리에만 국한되는 문제가 아닐 것이다.

농경시대에서 산업화시대로의 변천 과정에서 불가피하다고 여기겠지만 산천이 아름답고 물이 좋아 살기 좋은 금수강산을 하루아침에 훼손시킨 것은 분명히 잘못되고 어리석은 일이다.

산업화를 이루어내면서 자연환경을 보전하는 지혜가 있어야 했고 개발의 이익을 탐하는 절제가 있어야 했다.

우리의 경우 돈벌이가 되는 일에는 수단 방법을 가리지 않았고 정부의 징책이 지나친 개발 곧 개발독새라 불릴만큼 개발이 발전이고 성공이라는 개발 이데올로기, 개발 미신을 주도했다.

생명의 삶의 질, 문화, 환경에는 아랑곳 않고 성장 이데올로기, 무한정한 양의 확대에 힘써 온 결과 먹고 살기에 걱정이 없는 부국강병의 모델이 한국으로 불릴만큼 되었다.

국민소득 1만 달러의 부국이요, 자가용 천만 대의 전 국민 자가용 시대라고 자랑한다. 하지만 소비는 4만 달러 수준의 헤픈 씀씀이고 도로난, 주차난 때문에 자가용은 애물단지나 다를 바 없다.

낙동강에 돛배 띄우고 재첩 줍던 맑고 고운 처녀 뱃사공은 어디 갔나? 낙동강 7백리가 온통 오염되고 폐수처리장이 되다니 통탄할 노릇이다.

물고기가 살 수 없고 사람이 사용할 수 없는 죽은 강, 수천 수만 년 동안 조상으로부터 물려받은 천연자원을 후손들은 개발이라는 맹신으로, 돈 몇 푼의 탐욕 때문에 양심을 팔아 치웠다. 인간의 어리석음이여, 인간의 숙명이여.

그러니까 돼지풀, 황소개구리 같은 수입종의 번창은 정부와 국민들이 합심하여 산업화에 치중한 결과이므로 자업자득의 업보이다. 그뿐인가, 어린이 부녀자들이 즐겨먹는 과자 빵 종류는 100% 미국산 밀이고 보존 치장을 위해 표백제와 농약을 쓴다고 하니 끔찍한 일이다. 요즘 문제가 된 수입 오렌지 자몽 등도 마찬가 지다.

정부가 아닌 시민들이 뒤늦게 수입종의 해악을 깨닫고 재래종의 귀중함을 인식한 것은 불행 중 다행이다. 우리 밀 살리기 등 토종 찾기 운동이 전국적으로 벌어지고 토종 개, 토종 닭, 토종 어종, 최근에는 미국 콩으로 만든 두부를 못 믿어 '우리 콩살리기운동본부'까지 생겼다.

기왕 우리 것이 좋고, 우리 것을 살리자는 운동이 활성화되고 있다면 차제에 의식주 문화 생명, 환경운동뿐 아니라 그것을 변화시키는 인간마저 토종인간 또는 순종 국민 찾기, 또는 살리기 운동을 벌이면 어떨까?

특히 일반 민초들 보다 사회 지도층과 정치인을 비롯한 이른바 지식인이라 할 수 있는 사람들을 보면 대부분 서양 강대주의의 사고와 행동 양식을 보게 되는데, 자신들이야말로 황소개구리와 같다는 성찰을 한 번도 해보지 않는 것 같다.

✳

4

법정 스님의 눈물

회상의 열차를 타고−1

러시아 고려인협회와 '우리민족 서로돕기 운동본부'가 공동 주최하고, 한국 기업과 언론사가 후원한 회상의 열차가 출발을 앞두고 있었다.

블라디보스토크역 광장에는 한국과 고려인 대표 참가단 140여 명과 현지 고려인 동포들, 러시아 정부 관계자들과 구경 나온 유학생 시민 천여 명이 모여 열띤 모습으로 아리랑을 합창하고 강강수월래를 추는 가운데 긴 여정을 떠났다.

그에 앞서 이틀 전 한국에서 온 우리 일행들은 블라디보스토크 공항에서 연해주 정부 대표 고려인 회장을 비롯한 고려인 동포들 카자흐 소수민족 대표, 코카서스 극동부사령관 블라디미르 차 장군의 환영을 받았다.

말로만 듣던 러시아 땅에 첫 발을 내딛는 느낌은 무척 이국적이면서 긴장이 감돌았다.

이번 여행은 연해주에 살고 있던 동포들이 스탈린의 강제 이주정책에 의해 시베리아와 중앙아시아 등지로 쫓겨난지

60년이 되는 해를 기념하는 행사이다.

　　순수 민간 차원에서 행해지는 것이지만 구 소련이 붕괴된
뒤 물가가 폭등하고 치안이 어렵다는 말을 들었으므로 일말의
걱정이 있는 터였다.

　　연해주는 블라디보스토크에서 하바로스크까지 포함하는
청나라 말엽에 양도받은 땅인데, 본래 만주 지역에 속한다.
1천년 전 발해 땅이었으니 우리와 인연이 깊은 곳이다.
7백킬로의 광활한 땅에 1백년 전 한반도와 만주 지역에서
이주해온 동포들은 쌀농사를 위해 피땀 흘려 개간했으나
스탈린의 지시로 60년 전 정든 고향을 떠나야 했다. 곡식을
수확하기도 전에 재산권을 빼앗긴 채 시베리아 횡단열차에
강제로 맨몸을 싣고 혹독한 고난을 겪어야 했다.

　　가을부터 겨울이 지나도록 계속된 강제추방은 어린이 노인
등 반 이상이 굶어 죽거나 병으로 죽었다.

　　물론 이에 저항한 사람이나 지식인들은 거의 처형되었다.
연해주 주도인 블라디보스토크는 상해 중경에 이은 항일 독립
운동본부의 기지였고 여기에서 많은 독립운동가들이 활약했다.

　　홍범도 지청전 이동휘 이범석 장군 등이 이곳을 무대로 항일
무장투쟁을 벌였고 북한의 빨치산 항일 유격대들도 이곳을
거점으로 삼았던만큼 남북한을 통틀어 매우 중요한 역사

유적지다.

다음 날, 블라디보스토크 주정부 청사를 방문하고 주지사와 시장이 베푸는 환영식에 참가했다. 1993년도 60주년 강제 이주에 대한 명예 회복, 이를테면 스탈린 정책의 잘못을 시인하는 명예회복안이 의회에서 통과되었으나 아직 미집행이라 한다.

일본에 이어 한국이 교역량 2위이고 러시아 한인 수가 총 4십만 명이나 되므로 연해주에 한인 자치주가 실현되어야 마땅하다. 이를 위해 한국 정부와 기업이 적극 후원해야 될 것이다.

오후에는 고려인들이 모여 살고 있는 우수리스크를 갔다 조선족 동포가 개간한 1백만평의 아리랑 농장을 돌아보고 백 수십 명의 일꾼중 복한 동포가 있다는 말에 만나보려 했으나 농장측이 만류했다. 신분이 탄로날 것을 꺼린다는 것이다. 여기에서 몇 백킬로 떨어진 곳에는 북한 벌목공이 대거 운집해 있다는 말을 상기했다.

떠나올 때 버스 뒤를 보니 북한 노무자 몇 명이 나와서 손을 흔들었다. 이역만리에서 한 핏줄을 만나니 얼마나 반갑겠는가. 눈물이 핑돌았다. 정치와 이념이 인간과 민족보다 더 큰 가치가 있는 것인지, 이렇게 인정을 끊는 비정한 현실에 탄식했다.

이 끝없이 넓은 대지를 정부와 기업이 장기임대해서 기술과 자본을 투자하고, 남북한 조선족 고려인 노동자 농민들이 농사를 짓는다면 적어도 한민족의 식량문제는 해결될 수 있을뿐 아니라 목재와 가스의 천연자원은 물론 물자 수송의 효과와 생활 터전이 광대하게 늘어나는 민족의 큰 이익이 될 수 있지 않을까 생각해 본다.

마침 6공 정부가 구소련에 빌려준 20억불도 그대로 있으니 활용하면 된다. 나는 여행 내내 한민족공동체 방안을 구상해 봤고, 실제로 가능한 것임을 눈으로 확인했다.

그 뒤 기회가 있을 때마다 김영삼 정부에 만주 시베리아를 잇는 '한민족공동체방안'을 건의했지만, 예나 지금이나 한국은 눈앞의 현실주의에만 매달릴뿐 민족의 원대한 구상을 실현시킬 힘도 의지도 없다.

대권 쟁탈과 파벌 정쟁, 남북의 힘겨루기가 정치지도자의 중요 과제이고 국민들은 국민대로 먹고 사는 문제 외엔 별 관심이 없어 보인다. 지도자와 국민들이 미래를 위한 비전과 철학이 없는 것이다.

듣기 좋은 말로 한국인이 우수하고 개척정신이 강해 별 문제가 없다는 미사려구를 잘 구사하는 사람들이 출세가도를 달리는 풍토에서 막상 위기와 난관에 봉착하면 뚫고 나갈 큰 그릇의 지도자와 현명한 국민들이 나올 수 있겠는가.

광개토왕 같은 큰 지도자와 삼국시대의 현명한 지식인
백성들이 되어야 할 것이다. 지금처럼 강자에 약하고 약자에
강한 힘의 논리에만 의존해서는 민족의 미래가 없다.

고려인문화회관에서 환대를 받았다. 고려인 동포
지도자들이 나와서 서로 인사와 소개를 나누었다. 부속 건물인
한글학교를 둘러보니 한글 교재가 턱없이 부족했고 대부분 오래
전에 사용된 초등학교 저학년용이었다.

1시간 거리인 블라디보스토크 한국영사관이 있음에도
문화적인 지원이 없다니 놀라운 일이다. 고려인 동포들의
모국에 대한 애정과 학습의 열망에 비추어 한국정부의 해외
민족문화 정책이 빈곤하거나 미치지 못함을 알 수 있다.

내가 수년간 아시아 대륙을 다니면서 확인한 바로는
자국민에 대한 보호와 배려가 한국만큼 소홀한 나라를 보지
못했다.

저녁에는 대극장에서 고려인 동포 학생들의 춤과 노래
공연을 관람했다. 아리랑, 도라지 등의 창과 부채춤 등은 저들이
백년 이상을 이 땅에서 고난과 핍박의 삶을 살아왔어도 민족의
문화를 면면이 이어왔음을 보여주는 것으로 환희와 감동이 벅차

올랐다.

다음 날에는 주정부 강당에서 세미나가 열렸다. 강제 이주 60주년 기념행사에 러시아 대통령 옐친의 메시지가 낭독되었다. 소수민족분과위원장 자이타지나 여사와 고려인 회장이 축사를 하고, 이광규 서울대 교수, 이윤구 '우리민족돕기운동' 대표가 나와서 세미나 발제 강연을 했다.

가장 인상적인 분은 모스크바 세프킨대학 맹동욱 교수로 고희가 다된 나이에도 정력적으로 토의와 통역 시낭송을 도맡았다.

그 분은 함경도 출신의 의용군으로 모스크바에 유학갔다가 눌러앉은 망명 지식인이었다. 동국대에서도 다년간 강의를 맡아 남북한의 실정을 잘 아는 분이었다. 그래서인지 남북한의 정치 현실을 강도 높게 비판하면서 신랄한 독설을 퍼부어댔다.

나중에 여행 일정을 마칠 즈음 방 아홉개가 달린 맹교수의 모스크바 저택에서 일행들이 건배를 나누고 김치찌개와 쌀밥을 얻어먹는 행운을 누렸다.

오후 2시 고려인 식당에서 점심을 먹고 옆에 있는 해변가를 산책했다. 블라디보스토크는 러시아의 해변기지로서 극동 방위의 총사령부인만큼 군사적 요충지이어서 어느 도시보다 깨끗하고 세련되었다.

회상의 열차를 타고-1

잠수함과 해군기지를 돌아보고 해변가를 거닐면서 시상을
가다듬었다. 우리민족서로돕기운동 사무총장인 서경석 목사와
한인촌에서 가질 60주년 기념 비석 기공식에서 기념 시낭송을
요청받았기 때문이다.

불과 한두 시간 안에 시를 지어야 하므로 나는 일행들과
떨어져 있었다. 겨우 시 한편을 지어 원고에 옮기고 난 뒤
주위를 돌아보니 일행들이 보이지 않았다. 얼른 고려인
식당으로 돌아가 물으니, 일행들이 모두 한인촌으로 갔다는
것이다. 마침 남은 한 분이 있어 그의 차에 동승했다. 주택가가
있는 야트막한 동산에서 기공식이 한참 진행되고 있었다.

한국의 중요 언론기관이 취재하고 러시아 전역에
생방송된다고 했다. 정판룡 연변대 교수와 고려 한인대표
3세대인 차블라 디미르 장군 등이 60년 전의 처절한 역사를
증언했다.

＊

회상의 열차를 타고-2

60주년 기념행사에 맞추어 여러 도시에 들러 동포들과 만나야 하므로, 일반 열차의 이용은 어렵고 해서 교섭 끝에 옐친 대통령의 특명에 따라 철도청장이 전세 특급열차를 배정했다고 한다.

물론 비용은 참가회원들이 낸 것만으로 턱없이 모자라므로 엘지 등 한국 진출기업이 상당한 금액을 후원해주어 가능했다.

역광장에 어둠이 깔리고 사물놀이와 아리랑 합창이 울려 퍼졌다. 손에 손잡고 강강수월래로 원무를 그리며 춤과 노래로 동포들의 사랑과 한민족의 하나됨을 확인시켜 주었다. 역시 집행위원장답게 서경석 목사는 열정적이었다. 오래전부터 시민단체 인연으로 여러번 만난 적이 있으나 종교 장벽 탓인지 서먹한 사이였는데, 긴 여정이 끝난 후에는 많이 친숙해졌다.

열차에서 저녁 식사를 하고 밤 10시 정각에 기적을 울리며 떠났다. 시베리아 바이칼호를 거쳐 중앙아시아 타슈켄트까지 9일간을 달릴 것이다. 세계 최장의 환상적인 기차여행에 그것도

미지의 수많은 동포들과 60주년 기념행사의 애환을 나눌 것을
생각하면 가슴이 뛴다.

열차에는 한국측의 저명한 학자 강만길, 성찬경, 이광규
교수와 김주영, 한수산 등의 유명작가와 언론인, 목사 승려
기업인들이 골고루 탔다.

그리고 고려동포로 세계적인 민족작가 아나톨리 김, 오페라
가수 리나 김, 공군 영웅 최 올레그, 전 KGB 간부 아나톨리 한
선생 외 수십 명의 고려인 대표들이 동승했다.

기관사와 승무원은 전부 러시아인데 승객들은 모두 한국인
이어서 묘한 느낌이 들었다.

바라건대 8천 킬로의 시베리아 횡단 열차가 몇 년 후
한반도와 이어진다면 평화통일은 물론 동북아 질서의 개편이
세계평화에 큰 몫을 하리라 믿고 역사적인 대변화가 오기를
기원한다.

*

한국 여성계의 두 거목

― 육영수와 김명원

　근대 한국 사회에 여성들의 역할과 활동은 눈부신 바 있다.
그중 박정희 대통령 부인 대덕화 육영수와 쌍용그룹 김성곤
회장의 부인 김미희는 해방 후 큰 발자취를 남긴 여성 지도자로,
불교적으로 해석하면 사회적 헌신을 바친 보살 성자와 같은
분이다.

　물론 박정희 대통령 시절 정치적 탄압을 받았거나 비판을
하는 사람들은 당시에 여성으로써 큰 영향력을 끼친 두 분을
폄하할 수도 있겠다. 그럼에도 두 분의 여성을 부정적으로
평가하는 사람들이 별로 없는 것을 보면 그분들의 업적은
여전히 변함없이 빛난다.

　한 분은 18년간 이 나라를 이끌었던 박정희 대통령의
영부인이요, 또 한 분은 대기업 회장이자 최고 권력의 중심에
있던 분의 부인이었다.

　1960년대 가난하고 암울한 시기에 두 분은 돈과 권력을

가진 최고 위치에 있었지만 부귀영화보다도 검소하고 소박한
생활을 하면서 병든 세상을 구제하고 만민을 사랑하는
관세음보살의 대자대비를 실천했다는 점에서 보기 드문 한국의
대표 여성이고 이 땅의 후덕한 어머니로서 교육, 문화, 사회,
복지 활동에 큰 업적을 남겼다.

당시 고위공직자 부인들로 구성된 '양지회'는 육영수, 김명원
두 분이 창립을 주도했고 고달프고 소외된 계층들을 위해
헌신한 것으로 나이든 세대들은 기억한다.

그런데 그분들이 세상을 하직한 뒤에도 청와대를 비롯한
고위공직자 부인들이 계승해서 사회봉사를 했더라면, 우리
정치나 사회가 한결 긍정적인 방향으로 나아갔을 것이 아닌가
하는 아쉬움이 남는다.

나는 70년대 전후로 오산 공군사관학교 생도들의 모임과
조계사에서 김명원 보살을 뵈었으나 따로 만난 적이 없다.
그러나 불국사와 석굴암에서 두 번 박대통령 가족과 육여사를
안내해 가깝게 만날 수 있었다.

널리 알려진 대로 육여사는 도선사 청담 스님으로부터
대덕화라는 불명을 받고 평생 스승으로 모신 대보살이다.
영부인이라는 신분임에도 나라를 위한 기도를 며칠씩 드리던

분이셨고, 김명원 보살은 전국 사찰을 다니면서 큰스님들을
친견하고 불교 중흥의 대작불사를 이뤄내신 분이었다.

　　종교의 차이를 뛰어넘어 두 분은 어느 누구든 어려운
사람이 있다면 도움의 손길을 내밀었고 고학생에게 학업을
도와주었으며 일선 장병들에게 어머니와 같은 사랑을 베풀었다.
육 여사를 국모로 불렀던 국민들이었다.

　　많은 국민들에게 고통을 함께 나누고 덕행을 베풀었으며
대통령에게 바른 말을 해서 청와대의 야당이라는 별명을 듣던
육 여사가 70년대 중반 광복절 기념행사에서 대통령을 대신해
흉탄에 쓰러지자 국민들은 모두 오열 속에 잠겼음을 회상한다.

　　그로부터 5,6년 뒤 김명원 보살도 60세를 겨우 넘기고
고통이 없는 무여 열반에 들었다.

　　예부터 천재와 미인은 박명하다고 했던가. 육 여사가
50세에 김명원 보살이 61세에 타계했으니 두 분 다 오래
살았더라면 우리 사회의 등불이 더 한층 빛났을 것이다.

　　꽃으로 치면 육 여사가 눈 속 매화나 난초 같았다면, 김명원
보살은 차꽃이나 제주도 수선화 같은 고결한 인품으로 또
진흙탕에서 자랐지만 오염되지 않는 연꽃 같은 큰 덕의 향기를
지닌 분들이다.

특히 김명원 보살은 타고난 겨레 사랑과 복지사업에서의
사회활동을 크게 증진시킨 한국 여성계의 대모이다. 차문화
같은 전통문화와 불교 중흥에 평생을 바친 걸출한 여장부였다.

훌륭한 여성 지도자가 많지만, 나는 한국 사회의 여성운동,
전통문화 계승과 불교 현대화에 육영수, 김명원 두 분의 공적은
허물어지지 않는 칠보탑이라 생각한다.

한국 차문화와 여성계의 대모 관음보살의 화신, 신사임당과
명종의 어머니 문정왕후의 후신, 이 땅의 자연과 문화를
사랑하고 세계에 그 아름다움을 널리 알린 홍보대사, 계층과
신분을 가리지 않고 많은 인재를 키워낸 선각자 등 찬탄사가
뒤따른다.

김명원 보살의 생전 명언을 들어본다.

"사람에게 재물은 한정이 없습니다. 나 역시 하늘에서
주는 것을 잠시 맡았을 뿐입니다. 모든 인간은 무소유입니다.
무소유란 단순히 재물을 소유하지 않는 것이 아니라 재물과
마음을 중생에게 나누고 보시한다는 뜻입니다. 나는 불교
신자라 해서 내가 믿는 종교만을 유일사상으로 삼고 싶지
않습니다. 기독교나 유교도 심오하지요. 공자님의 '가는 자는
물과 같다'는 말은 참으로 실감이 나는 혜안입니다. 물이

흘러가면 다시는 되돌아오지 못하듯 인생이 한번 가면 다시는 되살아날 수 없지요."

김명원 보살은 어릴 때 잠시 어머니를 따라 교회를 다녔으나 일찍 결혼하면서 불교 집안과 평생 인연을 맺고 불교 신앙에 눈뜨게 된다. 워낙 타고난 명석한 두뇌와 뛰어난 지혜로 불교책 몇 권을 겨우 읽고 크게 발심하였고, 나중에는 전국 사찰의 고승들을 찾아다니면서 불교의 심오한 가르침을 터득했다.

그리고 50년대 일본과 유럽을 다니면서 다도가 전통문화의 근본임을 발견하고 그때부터 스승들과 책을 통해 다도와 전통 문화에 몰두했다.

경제 수준이 열악해 먹고 살기도 힘든 때에 김명원 보살은 문화가 곧 미래 산업이고 국가의 대표적 이미지라는 것을 그때 깨달은 문화운동의 선구자였다.

김명원 보살은 1950년대에서 타계한 1980년대 초까지 30년 동안 한국 사회의 발전을 위해 몸을 바쳤다.

독실한 불심에 기초한 국태민안과 호국사상의 원력으로 당신이 가지고 있는 재물과 신앙 문화와 이웃 사랑에 대한 열정은 모든 국민들을 감동시켰다. 보통사람은 개인이나 가족 특정 단체를 위해서 인생을 사는 경우가 허다하지만 김명원 보살은 몸과 마음의 모든 소유물을 불교식으로 표현하면 중생들에게 공양했고 회향했다. 여성 지도자들은 한결같이 그는 근대 한국이 낳은 위대한 어머니요, 여성 지도자로 1세기에 한번 나오는 인물이라 칭송한다. 불교인이었지만 기독교 여성단체와 한국여성단체에도 많은 후원을 하고 여성 문화의 상징 같은 분이라 말한다.

그리고 전통 다도 문화와 불교의 현대화에 심혈을 기울인 분으로 영원히 기억될 것이다. 다도와 불교의 공통정신은 초범탈속超凡脫俗이라 할 때, 이것은 곧 국민정신의 고양을 뜻하며 문화와 윤리 정치와 경제의 발전 내지는 안정을 가져다주며 다도와 불교의 가치는 인간 정신의 최고 경지를 지향한다.

장애인과 어려운 사람들을 늘 보살피고 후원해준 그는 일찍부터 복지사회를 주창하고 실천한 분이었다.

'삼일수섬천재보 백년탐물일조진'

이 말은 불교 입문자들이나 승려 초보반들이 배우는 문구이다. 삼일 동안 닦은 마음은 천년의 보배요, 백년 동안 재물은 쌓아놓아도 하루 아침의 티끌이다. 부자들을 위한 경구이고 인간들의 물질욕을 경계한 가르침이다. 말은 쉽지만 실천은 매우 어렵다.

김명원 보살은 대기업 회장 부인의 큰 부자로서 참으로 하기 어려운 공부와 실천적인 일을 남김없이 한 재가선지식이요,

한국 여성들의 스승이었고 성모였다. 만일 여성 대통령이 나온다면 이런 분이 모델이고 귀감이라 생각한다. 덕성과 지성이 뛰어나고 감성이 풍부하지만 매사에 공과 사가 분명해서 일처리가 엄격하고 결단력이 있으며 무한한 사랑과 포용력을 지닌 분, 아마 이런 분이라면 남성이든 여성이든 국민을 이끌어갈 최고지도자로 손색이 없다고 본다.

길지 않는 짧은 생애를 개인 가족이 아닌 모든 국민들에게 차별없이 베풀고 대자대비한 큰사랑을 실천한 육영수 여사와 김명원 보살 두 분께서는 도솔천에서 굽어보신다고 믿으며 늘 푸른 송백으로 우리 곁을 지키시리라 믿는다.

✳

그리스도 폴의 강언덕에서

– 구상 도인을 추모하며

별세하신지 벌써 10년이 지났다니 세월이 무상합니다.

그날 밤 성모병원에서 목탁치고 요령 흔들며 독경을 하고
난 뒤 이모님^{선생의 처제}이 속이 시원하시다며 칭찬한 기억이
생생합니다.

생전 가톨릭의 세계와 삶 속에서도 동양적인 회귀사상과
불교철학에 조예가 깊어 폭넓은 사유와 무소유의 청빈낙도를
좋아하셨던 선생님을 추억합니다.

1980년대 중반 5공의 엄혹한 시절에 처음 뵙고 마음이
통해서 많은 격려와 힘이 되어주신 문학과 인생의 스승으로
병석에 자리보전하시기까지 15년 동안 가까이서 멀리서
소통과 대화의 자리를 아낌없이 베풀어 주신 선생님의 덕과
넓은 도량은 종교 철학적인 시 세계만큼이나 인간적인 그윽한
향취였습니다.

실로 선생님의 삶은 파란만장한 우리 근현대사와 궤를

같이하는 산 역사입니다. 일본의 강제합병에 항거한 기미년에 태어나 서울에서 원산으로 옮겨 성장하시고, 일본 불교대학에서 종교철학을, 그것도 명문 교양학부 교수인 승려로부터 불교를 학습하시며 다원화 사상에 심취하셨지요.

다시 고향인 서울로 이주하신 후 대구와 칠곡에서 폭넓은 경륜을 쌓으셨습니다.

해방 직후 북한 정부의 사회주의 정책으로 월남하셨고, 6·25 종군기자로 반공 전선에서 활동하신 선생님은 일생동안 분단과 반공에 대한 분노와 감정을 가지셨지만 필자와의 수년간 소통으로 이념에 대한 애증을 떨쳐버리시기도 하셨습니다. 이념보다 인간이 더 먼저라는 필자에게 암묵적 동의를 표시하신 거지요.

한국가톨릭의 원로로 위기에 처한 가톨릭을 지켜내셨고 박정희 정권과 친하셨지만, 단 한 번도 권력과 가까이 하지 않으신 채 불가근불가원의 관계를 유지하셨습니다. 수많은 지식인들이 일제에 이어 독재 권력에 훼절해서 고위 감투를 맡던 시절, 선생님은 끝내 감투를 고사하신 진정한 선지식이셨습니다.

동지사대 선배이시며 평생 무소유로 사신 공초 오상순 선생을 스승으로 섬기며 그분의 고결한 삶을 따르려 하신

선생님의 뒤를 후학들이 또한 이어나갈 것입니다.

혼성 구상 선생님! 이 나라와 사회는 아직도 많이 혼란스럽습니다. 천상에서 못난 후손들을 꾸짖으시고 큰 평화와 밝은 지혜를 사랑으로 인도하소서.

✳

죽은 시인의 사회

'죽은 시인의 사회'는 1980년 말의 영화로 감동적인 교육에 관한 것이다.

어제 EBS 명화로 방영되었지만, 몇년 전에도 본 작품이다. 이 영화가 유명한 것은 인간적인 매력을 가진 로빈 윌리암스의 탁월한 연기 덕분이다.

미국의 보수적인 명문고 출신의 주인공이 다시 모교 교사로 부임하면서 벌어지는 사건의 전개는 틀에 박힌 우리네 교육풍토를 돌아보게 한다. 오직 학교의 명예와 규율 진학이 전부인 학교에서 교사는 학생들에게 규율과 진학 대신 자유와 일탈의 인간을 가르친다.

현실에서는 가능하지 않은 일이 벌어지고 부모와 학교의 강요에 못 이긴 학생은 자살하고 교사는 학교를 떠난다. 교사가 떠나는 날 학생들은 비로소 무엇보다 인간의 의지와 자유가 중요하다는 것을 알게 된다.

25년이 넘었지만, 이 영화는 미국뿐만 아니라 우리에게도

해당된다. 입시와 왕따 학교와 부모들의 압력이 상당한 우리
학생들의 스트레스와 자살은 수치가 매우 높다.

공부벌레로 만족해서 진학과 모범생을 최고로 여기는 교육
정책과 풍토에서 학생이나 교사의 일탈을 용납하지 않는 숨
막히는 교육 현실이 그대로 재현되고 있다.

그리고 교과서가 아닌 일반 서적이나 참고서를
인용했다가는 불순 교사와 위험 학생으로 낙인 찍히는 살벌한
교육계도 그대로이다.

오랫동안 정부정책과 이념에 반대 저항한다고 교사노조를
억압하고 전국의 수많은 교사를 해임했으나 결국 인정하지
않았던가.

로빈 윌리암스는 작년 이맘때 알코올 중독과 정신병으로
자살하고 말았다. 그가 주연한 1987년 '굿모닝 베트남'은
명화로 손꼽는다. 60년대 월남전 참전의 병사가 DJ를 맡으면서
일어나는 소동과 헤프닝은 전쟁에 지친 병사들을 위한
힐링이었다. 반전 영화로, 때로는 미국의 월남전에 대한 반성
같은 성격을 띠고 있다.

"굿모닝 베트남!"

있는 대로 목청껏 외치는 사자후의 그의 방송연기를

보고 들으면 인간은 왜 전쟁과 살생이 아닌 평화와 사랑을
갈구하는지 알게 된다.

소탈한 웃음과 휴머니티 넘치는 그의 연기에 세계의 팬들은
기립박수를 보냈다. 눈물과 감동의 잊을 수 없는 장면이다.
미국의 세계 지배와 탐욕을 욕하지만, 가끔은 인간적인
휴머니즘이 존재하는 미국의 또 다른 얼굴을 보게 한다.

*

법륜 스님과 혜민 스님

　　얼마 전 하버드 박사 혜민 스님과 국민 멘토 법륜 스님이
언론에서 화제다. 혜민은 SNS에서 무려 79만여 명의 고정
팔로우를 갖고 있다. 이는 이외수 작가 다음으로 많은 팔로우
수일 것이다. 수년 전『멈추면 보이는 것들』이 2백만 부의
초베스트 셀러로 떠오르면서 각종 방송 신문 잡지의 최고
인기인이 되었다.

　　법륜은 즉문즉설로 유명세를 타다가 3년 전 이른바,
'새정치'를 표방하며 정치권에 등장한 안철수의 멘토로
알려지면서 전국을 뜨겁게 달구었다.

　　새해가 되어도 별다른 변화나 움직임이 없는 때 혜민과
법륜 두 분의 승려가 새해를 크게 장식하고 있어 무슨 의미가
있을까 하고 생각해 보았다. 먼저 평소대로 혜민은 이십여 년간
미국에서 살면서 공부하고 학위와 교수 직위까지 오른 입지적인
인물로 젊은 네티즌의 공격대로 이기적인 편안한 삶을 살면서
정치·사회 문제에 소홀하거나 등한시 여긴 점은 나 역시도

염려했던 부분이다.

영화학을 지망하다가 불교에 이끌려 승려가 되었다는 그는 아무래도 어릴 때의 미국식 생활이 몸에 밴 사람이다. 그런 까닭에 사회적이기보다 오히려 개인의 행복을 추구하는 현실적인 삶에 더한 가치를 두었는지도 모른다. 불교가 일부 사람들에게 현실도피적인 종교로 비치고 있기는 하지만, 적어도 젊은 혜민 스님은 이 점에서만큼은 예외이다.

"정치를 관심 밖으로 개인의 사생활에 충실하라" "TV는 가급적 보지 말고 가능하면 책을 보라"

요약하면 이런 것인데 일부 네티즌들이 이에 뿔난 것이다.

법륜은 차원이 다르다. 개인보다 사회공동체를 항상 생각하고 인류 평화의 논리와 남북문제에 늘 지혜로운 길을 제시한다. 우리 사회는 지금 여러 가지 문제와 갈등을 안고 있다. 정치·경제의 침체, 사회·문화적인 갈등이 증폭되고 있다. 특히 사회적 약자들의 불만과 차별은 어느 때보다 높다. 아직도 남북 이념의 경직된 갈등이 안 풀려서 선악구도의 이분법이 존재한다. 그외 종교 지역간의 공동체 문화가 대립하고 마찰을 일으킨다.

따지고 보면 이러한 것들은 천년 역사를 자랑하는 불교인들에게 보다 큰 책임이 있다. 이 나라 역사 문화 자연

환경까지 불교의 기나긴 힘이 아니었으면 지켜지고 유지되었을 것인지 의문이다. 아무리 근현대사 1백년 동안 일본과 구미가 이 나라를 지배하고 또한 지원해줬다 하고, 어떤 타 종교 지도자들은 거의 이 나라 건국을 고작 70년으로 깎아내리는 왜곡을 일삼는다 하더라도 아닌 것은 아닌 것이다. 엄연히 5천년 역사의 한국이 우리의 조상이다.

여러 해 동안 혜민 스님과 법륜 스님이 개인과 사회를 위해 정신적 도움을 준 것은 분명하고 젊은이들과 청장년 노년에 이르기까지 희망이 되고 있다. 말과 방식은 달라도 살아가는 힘과 위안을 주었다. 그것만으로 혜민과 법륜은 우리 시대 멘토이며 외로운 이들의 벗이다. 예로부터 땅이 좁고 자원이 부족해도 인재와 인물이 넘치는 나라가 한국이다. 이제 고학력자가 너무 많아서 골치다. 덜 배웠으면 보통의 일도 할 수 있는데 궂은 험한 일들은 모두 외국인 노동자의 몫이다. 그러나 고학력자들의 비정규직은 정부, 기업, 정치권, 시민단체들이 힘을 모아 반드시 해결해야 할 일이다. 올해 우리들의 공통 화두는 무엇인가? 우선 경제 살리고 실직자와 비정규직을 많이 줄이는 일이며 사회적 갈등을 해결하는 일이다.

청와대를 비롯한 정부 고위공직자 집권당이 공명정대하고 투명해지는 일이다. 사회 약자들의 복지가 향상되어야 하고 청소년들의 학업 진로가 용이해져야 한다. 무엇보다 남북문제가 획기적으로 변해서 혁신과 평화정책을 이룩하는 길이다. 일개 승려로 혜민 법륜 스님은 불교계를 대표해서 일정하게 공헌이 있기를 기대한다.

*

대학가 커피숍에서

나는 요즘 대학가가 있는 커피숍에서 시간을 보낸다.
무더운 여름철 피서지로도 좋고 차값도 1,500원 밖에 되지
않으니 나 같은 재야 승려가 이용하기에 이보다 좋은 곳은 없다.

커피숍에서 차 한 잔을 마시며 나는 원고 정리를 한다.
수년간 써놓았던, 그리고 초안한 것들을 원고지에 옮기거나
수정 작업을 한다.

지난 봄부터 꼬박 1년 동안 나는 여기서 시간을 보냈다.
사찰이나 포교당을 소유하지도 운영할 능력이 없는 나로서는
커피숍이 내 집필실이고 법당이다. 누구와 만날 약속이 있으면
제일 먼저 대학가 셀프 커피숍을 떠올릴만큼 나는 한 달의 반
이상을 여기에서 보낸다.

신문잡지를 읽거나 휴식을 취할 때도 안성마춤이다. 은은한
음악이 흘러나오고 젊은이들의 발랄한 웃음소리를 벗 삼아
명상에 잠기기도 한다.

한낮에는 팝송 음악이 흘러나와 독서와 집필에 약간 방해가

되기도 하지만 땅거미가 지는 황혼녘이면 조용한 클래식 음악이
마음을 가라앉혀 준다.

커피숍 창문 앞을 내다보면 지하철 역사가 코앞에 있다.
쉴틈 없이 들어가고 나오는 사람들 가로질러 나가는 인파와
차량의 물결은 만화경이다.

특히 이곳 대학가는 저녁이 되면 이 도시에서 가장 사람이
많이 붐비는 곳으로 소문났다. 주말이 되면 밀려 다닐 정도로
사람 물결이 넘친다.

나는 1980년대 민주화운동에 참여한 탓에 승려 신분임에도
불구하고 많은 시간을 대학가에서 보냈다. 그때 사흘이 멀다
않고 열리던 격렬한 시위는 어느덧 사라지고 현수막 시위가
고작이다.

1980년대에는 빈 공간이 많았는데, 지금은 거의 고층건물과
장사꾼들이 차지해 버렸다. 하도 사람 왕래가 많다보니까 다른
곳은 불경기지만 여기는 호경기란다. 그래서인지 건물세가 다른
곳의 몇 곱절이 되고 길가 간이점포의 권리금이 몇 천만을 홋가
한다고 한다.

고개를 들어 세상 밖을 내다본다. 핸드폰 가게, 우동, 김밥,
튀김장수, 카셋트 장수가 즐비하다.

삼삼오오 짝지어 지나가는 대학생들, 분대 단위로 그룹을

이룬 고등학생 혹은 중학생들. 그 사이로 아저씨 아줌마들이
지나가고 노인들도 보인다.

역사 앞에서 핸드폰을 받으며 누군가를 기다리는 젊은이들
어린이와 함께 서 있는 주부가 보인다. 여름 장마때가 되면 비를
피하기 위해 역사 처마에 사람들이 가득하다. 옛말에 소나기는
피하라 했다. 그래서 저 사람들은 소나기가 지나가기를
기다리는 것이다.

생각컨대, 고려말의 부패한 사회와 불교를 개혁하려
한 신돈, 고려 중엽의 보조, 조선 중엽의 보우와 당취승들,
조선조말의 이동인과 한용운 등의 화신이 된 것처럼 아니,
그분들의 행적을 만분지 일이라도 추종하기 위해 사회개혁과
불교의 정신개혁에 힘을 보태었다.

내가 여태 보통 승려로서는 어울리지 않게 사회참여와
문필 작업에 천착하는 것도 따지고 보면 사회모순과 부조리의
소나기에 대응하기 위함이다.

그리하여 모순에 가득찬 이 인간 세상을 조금이라도
바꿀 수 있다면 그것으로 나의 보람이 있을 것이라 생각했다.
독재정권 시대가 끝나고 민주화된 정권이 두 번째로 들어섰지만
과거의 낡은 유산과 관행이 남아있는 탓인지 국민이 원하는

세상은 오지 않았다.

　IMF 사태로 거리에 실직자가 넘치고 목숨을 끊는 가장이 늘고 있지만, 5십년 만에 정권을 잡은 아니 어떤 고위 정치가의 말을 빌면 1천년 만에 백제의 한을 풀었다는 말 그대로 민중의 고된 삶보다는 정권 차원의 정략에 무게 중심을 둔다면 암울한 시대의 터널이 또 닥칠지 몰라 마음이 무겁다.

　남이 볼 때는 물 흐르듯 걸림 없이 살고 있다 해서 자유인이라 불리는 나이지만, 정작 나의 마음은 누구한테 빚지고 사는 양 어깨가 무겁다.

　나는 가끔 생각을 해본다. 나도 남들처럼 소나기가 내리면 피하고 개이면 길을 가듯, 때로는 웃고 울고 제몫을 지키며 살 수 없을까. 무슨 이익이 있는 것도, 세상과 남이 알아주는 것도 아닌데 괜시리 남의 걱정, 세상 걱정, 절집 걱정까지 도맡아서 할 건 무언가 하고.

　요령껏 세상을 살아갈 꾀도 현명한 지혜도 없다보니 남의 이목을 끌만한 일도 없다. 요즘 내가 즐기고, 그리고 제일 잘할 수 있는 일은 차 마시며 담소 나누는 일, 시 짓고 글 쓰는 일, 내 이야기를 하는 것보다 남의 이야기를 들어주는 것, 하루 5킬로 이상 걷는 것, 어린이와 친하고 자연과 벗하는 것, 노인들을 자주 찾아뵙는 일 등 시쳇말로 돈 안 되는 일뿐이다.

나는 낮시간에 커피숍에서 세상을 훔쳐보는 시간을
보내다가 저녁이면 자리를 옮겨 두어마장 거리의 전통찻집에서
하루 일과를 정리한다. 화려한 여름꽃 이름의 이 찻집은 대학생
거리와 다르게 일반인 주거지가 몰려있어 나이든 어른들의 휴식
및 문화공간의 역할을 한다.

묽이 좋아 꽤 비싼 비용을 들여 차렸지만 큰 이익이 없어도
현상 유지가 될만큼 꾸준히 손님들이 늘고 있다. 우리 차, 중국
차를 가리지 않고 질 좋은 차를 아낌없이 내어주는 여주인의
친절한 열정이 있고 아늑하고 개방적인 찻집 분위기와 차를
좋아하는 아줌마 아저씨 아가씨 때로는 승려와 수녀, 교수와
전도사들이 자주 이용함으로써 조화롭고 화기애애한 분위기가
연출되고 있는 것이다.

커피숍이 젊은이 위주의 생동감이 있는 일터의
한가운데라면, 전통찻집은 중년 위주의 조금은 무겁지만 삶에
지친 그리고 세상에 염증낸 사람들의 몸과 마음을 다스리고
부족한 기운을 채우는 휴식처이며 명상의 집이다.

커피숍에는 항상 새로운 손님으로 가득차지만, 찻집은 늘
만나는 단골손님이 반, 새 손님이 반이다.

나는 이 찻집에서 1년 동안 서너번의 차 문화행사를
주관했다. 입춘 매화차, 한여름의 연꽃차, 늦가을의 국화차

행사를 가졌고, 12월에는 제주도 수선화로 1년을 마무리했다.

또 다가올 새 1년은 어떤 일이 기다리고 있을까. 어떤 사람과 만날까. 나의 가슴은 새 인연의 새 희망으로 부풀어 있다.

비록 사람 사는 세상이 늘 그렇고 그렇다 할지라도 한 그루 사과나무를 심는 심정으로 살고 싶다.

＊

법정 스님의 눈물

2010년에 타계한 법정 스님을 생각하면 슬프다. 그리고 숙연해진다.

그날, 길상사 조문객 사이에서 추모하고 돌아서려니 발길이 차마 떨어지지 않았다. 불일암에서 강원도 오두막으로 거처를 옮겨 스님을 만나기란 더욱 어려웠다. 다행히 그 후 길상사에서 몇개월에 한 번씩 여는 대중 법회에 참여하는 스님을 만나려면 만날 수 있겠으나, 그저 언론보도와 책을 통해 먼 발치에서 스님의 근황을 접하는 것으로 만족했다.

내가 스님을 처음 만난 곳은 뚝섬 봉은사였다. 1960년대 말인가 1970년대 초쯤인데, 내 나이는 20대 중반이었고 스님은 40대 초쯤이었다. 스님의 명저, 『무소유』에 실려 있는 '너무 일찍 나왔군'의 글처럼 당시 봉은사는 허허벌판의 오아시스 같은 아름다운 절이었다.

그 넓은 강남 땅에 절집과 시골집 수십 채가 드문드문 있었을뿐 사람이 별로 살지 않았던 외딴 섬 같은 곳이었으며,

봄부터 가을까지 서울 시민들의 주말 놀이터나 휴식처였다.

나는 봉은사에서 1년 넘게 머무르면서 스님과 한 솥밥을
먹었다. 유명한 다래헌 샘물과 이웃한 추사 선생의 판전 현판도
매일 보다시피했다. 스님은 일찍부터 나의 우상이었고 선망의
대상이었다.

그때 법정 스님이 쓴 동아일보의 '서사여화' 컬럼을 즐겨
읽었는데 뜻도 잘 모르면서 그저 좋기만 했다.

사회에서 낙오되고 염세주의자처럼 비치던 시절에 스님의
글은 나에게 용기를 주었고 삶의 의미를 불러일으켰다. 50년대
남북전쟁과 정치 혼란에 이어 불교계 정화사건 이후 절집은
세상보다 더 움츠러 들었고, 선불교 일변도의 청정승가를
지향하던 터라 참선수도가 아닌 책을 보거나 글을 쓰는 행위는
금기로 여겼던 때였다.

나는 몸마저 허약해 대학과 군대를 못 갔고 나이 40을
넘어서야 콤플렉스를 극복했다. 나는 어릴 때부터 만화,
동화책, 소설책을 닥치는 대로 읽은 독서벽이 있었고, 서울에
올라와서는 유명 작가와 언론인들을 직접 만나기도 하는 등
지적 욕구를 채우기에 바빴다.

1960년대 말, 이미 승려 시인들이 여럿 문단에 등단하여

나의 선망을 자극했으나, 나는 법정 스님의 짧은 칼럼과 수필을 읽고 그 영향을 받아 수필을 썼다. 사실상 불교계에서 법정 스님에 이어 두 번째 수필가인 셈이다.

워낙 재주가 없고 요령부득이어서 1980년대 중반을 지나 겨우 책을 내고 수필 등단 몇 해 후 시인 등단을 했으니 한참 늦은 것이다. 남들은 20대에 시인, 30대에 수필가, 소설가가 된다는데, 나는 40이 넘어 등단을 했으니 늦깎이다.

나의 글쓰기와 사회 참여는 법정 스님의 영향이 크다 스님의 간결한 문체와 깊은 사유, 고독한 수행자의 삶, 그리고 대중들간의 소통, 정의와 평화로운 세상을 꿈꾸는 정신까지 온전히 스님은 그때부터 나의 멘토였다.

엄격한 구도자 정신을 집약한 '선가귀감' '오두막 편지' '말과 침묵' '텅빈 충만'이나 인간 자연 생명에 대한 외경을 담은 진리의 말씀 '영혼의 모음' '무소유' '새들이 떠나간 숲은 적막하다' '살아 있는 것은 다 행복하라' 등은 스님의 고결한 정신세계와 더불어 후세에 길이 남을 국민교양서이고 세계적인 명저라 할 만하다.

비록 스님에 비해 백분지 일도 못 미치지만, 나는 스님의 걸림 없는 자유와 더불어 살아가는 평화공동체 사상을 거울삼아 글을 쓰고 조금이라도 닮고자 노력했다.

그러나 70년대 초 봉은사에서 접한 스님의 결백증에 가까운
청정심이 괴팍함으로 비쳤고, 1980년대에 불일암으로 찾아가
부탁한 후배의 첫 수필집『청솔가지를 태우면서』의 추천사를
거절했던 스님에게 서운한 감정을 오랫동안 가졌다. 스님이
자비심이라곤 하나도 없는 몰인정, 비정한 분이라고 오해를
했기 때문이었다.

스님의 글과 행적이 세상에 유명세를 타면서 전국에서
수많은 사람들이 몰려갔고, 홀로 지내는 수행자의 입장보다는
자신들의 욕구를 앞세우는 대중들의 성화와 번거러움이 결국
스님을 강원도 오두막으로 추방(?)하는 결과가 됐다는 것을
알고 나서야 비로소 이해가 되었다.

스님의 출가 전후 삶과 행적이 밝혀진 것은 스님이 입적한
후였다. 승려는 원래 입산수도 이후에는 세속 가족과의 인연을
끊으므로 묻거나 답하지 않는 관행이 있다. 수행자로서 집착을
떨쳐야 수행이 가능하다고 믿기 때문이다

스님은 일반 승려들보다 더 특출하고 고독하게 지냈으므로
나는 스님이 늘 어렵고 아득하게 느껴졌다. 단지 글을 통해
소통했으나 한 점 티끌 없는 스님의 삶은 이 시대의 성자로
부족함이 없다고 생각한다 .

그러나 평생 수도자로서 차디찬 지성과 고독한 삶, 맑고 향기로운 인품의 소유자였지만, 스님이 가난한 집안에서 대학 중퇴를 하고 절에 들어갈 때 남긴 혼자 남은 누이와 할머니를 위해 흘린 눈물은 고귀한 보석과 같다.

스님은 누구보다 인간적인 사랑이 뜨거운 '동체대비同體大悲'의 보살로서 마르지 않는 샘 같은 분이라는 걸 늦게 깨달았다.

✳

나의 아버지 어머니

　　부산의 국제영화제에서 몇 편의 영화를 감상했다.

　　장이모 감독의 '집으로 가는 길'은 중국의 전통 관습과 사회 모순을 통해 인민의 고통과 비극적인 삶을 그린 그의 작품들과 달리 사라져가는 순수한 사랑과 수채화 같은 아름다운 풍광을 담고 있어, 나이든 세대에게는 향수를, 젊은 세대에게는 아름다운 사랑을 불러일으키는 작품이다 .

　　나는 이란 영화 '순환'을 통해 회교 국가 이란 여성들의 운명적 굴레인 반인권 상황에 눈물지었듯이 중국 영화 '집으로 가는 길'을 보면서도 눈물이 그치지 않아 혼났다.

　　그런데 주위를 돌아보니 나만 그렇지 않고 앞 옆 좌석에서도 연신 눈물을 훔치는 게 아닌가. 나이가 들면 눈물도 많아진다는데, 내가 마음이 나약해졌나 하는 생각이 들다가 남도 그러는 것을 보고 인간의 감성이란 같은 것이구나 하고 위안이 되었다

　　서두가 길었다. 내가 특히 좋아하는 장이모 감독의

작품답게 화면은 밝고 어두운 명암의 조화와 유장하고 장엄한 풍광, 소박하고 화려한 스토리 전개, 변화무쌍하고 동적인 인물 연기와 주제, 소재가 분명한 연출이 관객을 압도한다.

늙은 어머니의 과거 소녀시절로 돌아간 여주인공 장화는 그야말로 시골에서 자란 발랄하고 한 점 티없이 순수한 순정의 처녀였다.

영화의 많은 부분은 장화가 도시에서 첫 부임한 총각 교사를 향해 무언의 사랑을 보내고 애태우며 마침내 드러눕는 장면으로 진행된다. 줄거리가 뻔한 통속적인 소재임에도 도무지 지루하지가 않았다. 1시간 40분을 보여주는 데도 말이다. 아마 모르긴 해도 이런 것이 아닐까 장이모 감독은 현대인이 상실한 인간 내면의 순수함, 아버지 어머니로 상징되는 고향의 추억, 그리고 한없이 포근하고 깨끗한 시골 풍경과 시골 인심 같은 것을 그려냈는데. 중국과 크게 다르지 않은 우리네 시골의 정서와 공감을 불러일으킨 것이 아닐까 싶다.

마지막 부분의 아버지를 영구차로 모시지 않고 꽃상여로 모신 것도 우리네 옛 정서와 닮았다. 편리하나 비정한 물질문명의 이기보다 번거롭고 불편하지만 따뜻한 정이 살아있는 전통 관습의 애정 같은 것 말이다.

나의 부모 이야기를 하지 않고 영화 속에 있는 남의 부모

이야기를 하는 것은 대체 무슨 심사인가. 결론부터 말하자면 장이모 작품의 이야기가 너무 수려하고 아름다워 우리네 정서와 흡사한 까닭이며 부럽고 또 탄식을 금할 수밖에 없기 때문이다 .

고백컨대, 나의 가족사 첫머리에 있는 아버지는 파평 윤씨 집안의 사대 독자로 태어났다. 아버지는 할아버지가 고을 군수를 지낸 비교적 유복한 가정에 태어났지만, 불행하게도 성년이 되기 전에 아버지와 할아버지를 여의지 않으면 안 되었다.

옛날 봉건시대의 양반들이 그렇듯이 나의 할아버지도 군수 아들이라는 위세를 앞세워 학문에 힘쓰고 집안을 다스리기 보다는 앉아서 받아 먹는 건달 같았던 모양이다.

소작인들에게 돈과 쌀을 거둬들여서 한량으로 살았고 양반의 행패를 부려 신분이 낮은 계층들에게 원성을 사기도 했다고 한다. 지체가 낮았던 오촌 작은숙모님의 말씀으로 신빙성이 높다 할 것이다.

그런 할아버지마저 일찍 병사하셨으니 졸지에 홀로된 아버지의 외로운 심정이야 오죽하겠는가. 아무리 위세가 높은 양반일지라도 부모형제 없는 홀홀단신의 몸으로 뭘 하겠는가.

아버지는 십대의 나이에 조상이 수백년 묻혀 있는 고향을 등지고 도시로 나가셨다. 그리고 양반이라는 기득권을 과감히 버리고 행상에 나섰다.

처음에는 밑천이 적게 드는 종이꽃 장사를 하셨는데, 돈이 좀 모이자 나무 장사를, 그리고 싸전도매를 시작하셨다. 워낙 정직하고 성실한 분이라 한국인은 물론 일본인까지 경탄한 나머지 아버지는 신용과 검박한 생활신조로 부를 쌓게 되었다.

어머니 말에 의하면 한참 돈을 벌어들일 때 매년 집 한 채씩을 샀고 집이 열 채가 넘었을 때도 있었다고 한다. 내 어릴때 살던 집 역시 7~8 가구가 살던 큰집이 몇 채였다.

아버지는 양반의 후손답게 근엄했으나 성실했고 불의와 타협을 모르는 곧은 성품을 가지신 분이었다 .

그래서인지 나의 집은 동네 사람들의 사랑방이자 어려운 사람들의 상담소였다. 처세술이 없는 고지식한 분이지만 따뜻한 인정과 친화력이 있어 누구나 만났고, 누구나 출입이 자유로웠다.

동네 유지, 노인들과 자주 어울려 바둑 장기를 즐기셨고, 형편이 어렵거나 억울한 사정이 있는 사람들, 지나가는 거지들은 우리 집의 단골 고객이었다.

한편 8남매를 낳아 기른 어머니는 경주 최씨로 자상하고 정과 눈물이 많은 분이었다. 고지식하나 곧고 강한 아버지와 감성적이고 인정 많은 어머니였기에 부부 금슬이 좋았을 듯

했지만 그게 아니었다.

남에게 인정을 잘 베푸는 아버지가 가족들에게는 지나치게 검약하고 엄격한 것이 어머니의 불만이었다 거기에 사랑하는 둘째 셋째 아들을 사고로 잃고난 뒤 어머니는 넋을 잃었고 나중에는 절에 가서 두 아들의 영혼천도제를 지내게 되면서 불교도의 길에 들어선 것이 화근이었다 .

봉권적 유교 윤리와 가부장적 권위가 강한 아버지는 그 일로 다투기 시작했고 급기야 가정불화의 원인이 되었다 .

지금처럼 자유롭고 살기 좋은 세상에서도 한국 남성의 가부장적 권위가 그대로 살아 있는데, 해방 전후와 6 · 25전쟁 직후의 혼란기에서는 여성의 사회적 지위가 약했으니 어머니는 피해자로 살 수밖에 없었다.

그 후 어머니는 어린 자식을 두고 외갓댁과 절로 다니면서 생활했고, 아버지는 나와 동생이 마지막으로 가출한 후 다시 홀홀단신이 되었고 끝내 심장병과 홧병으로 돌아가시고 말았다.

어머니는 80이 넘은 장수를 누리면서 주로 사찰 불사와 큰스님들의 뒷바라지 염불과 독경으로 여생을 마치셨다.

회고하건대, 아버지가 사대독자가 아닌 형제들과 친척들이 많았더라면, 아버지가 더 너그럽고 지혜로웠더라면, 그리고 어머니가 세속적인 욕심이 조금만 있었더라면, 자녀들이 장성할

때까지 참고 희생했더라면, 교육을 받은 여성으로 아버지를
콘트롤할 수 있었다면, 가정의 평화와 자녀들의 성공, 집안의
번창은 보장될 수 있었을 것이라고 부질 없는 상념을 해본다.

아버지 어머니의 예에서 보듯이 정직과 성실, 검약과 신뢰만
가지고는 가정의 행복은 결코 오지 않는다.

사랑과 화합이 있어야 되고 상호존중과 관용의 지혜가
필요하다고 본다. 공인으로서 아버지와 어머니는 훌륭하지만
개인으로서 가정을 책임진 사람으로서 아버지 어머니는
불합격이라 할 정도로 고집이 세었고 타협을 몰랐다 .

매사에 도덕적이고 평생 남에게 욕 한번 먹지 않아 몸가짐이
반듯한 두 분이 왜 서로를 존중할 줄 몰랐을까.

그러나 지금도 이해가 안 가는 것은 두 분이 그렇게
불화했음에도 끝내 이혼을 하지 않고 오랫동안 별거 상태로
있었다는 점이다. 아버지는 어머니를, 어머니는 아버지를
미워하고 원망하면서도 갈라서지 않은 것은 분명 수수께끼같은
일이다.

절에 가 있어 아버지의 임종이나 장례에 참석하지 못한 나는
후에 가까운 친척에게 들으니 아버지가 어머니와 나와 동생
몫으로 집 한 채씩을 남기셨다고 한다 .

아버지는 끝내 어머니와 자식들을 버리지 않으셨던 것이다.

부모형제의 복은 없지만 남에게 별로 피해준 일이 없이
떳떳이 살아온 나의 집안을 생각하면 불행중 다행이다.
　　파평 윤씨와 경주 최씨의 고집 세고 강직한 두 가문 출신의
아버지와 어머니는 옛날 사람처럼 생전에 사랑을 두텁게 누리지
못했으나 저승에 가서 화해하셨으리라 믿는다.
　　장이모 감독의 영화를 보면서 참다운 남녀의 사랑과
부모형제의 인연과 그 의미를 다시금 깨닫는다.

＊

사천왕 이야기

　강도 5도 이상의 지진이 작년 경주에 이어 또다시 포항에서
발생하였다.

　수년 이내 크고 작은 지진이 많았으나 5도 이상의 강진이
거듭 발생해서 지진의 중심은 물론 반경 수십킬로 되는 지역도
영향이 커서 불안한 마음이고 더 나아가서 수백킬로 떨어진
수도권까지 감지될 정도라 하니 불안한 심정은 마찬가지다.

　더욱이 신라 때부터 지진이 자주 발생한 울산, 경주 지역은
역사 기록에도 있고 '까마귀 날자, 배 떨어지는' 효과인지 몰라도
이 지역은 원자력 발전소가 대거 밀집해 있어 지진과 발전소의
연이은 사고가 터지는 커다란 재앙으로 이어질 수 있다는
것이다.

　이른바 환태평양 지진대가 있어, 서부 아메리카와 알래스카
필리핀 일본을 거쳐 한반도가 고리 모양의 지진대를 이루고
있다고 한다. 이게 다른 쪽인 인도, 히말라야 쪽보다 훨씬 많은
지구 지진의 80%를 차지하고 있다 하니 예삿일이 아니다.

21세기 들어와서 더욱 잦은 지진, 폭풍, 폭설, 쓰나미가
들이닥치는 것은 크게 보아 지구의 주기설이라 하고 작게는
지구 온난화와 환경 파괴의 인과관계가 아닐까 생각한다.

　　우리가 사는 지구별은 청년의 젊은 나이로 아직도 지구가
살아온 만큼의 나이인 45억년이 더 남았다.

　　그러나 수백년 산업화 근대화로 진행된 세계는 화학연료와
수만가지의 인공개발로 말은 과학의 발전이라 하지만 실상은
인간의 발전이란, 결국 지구 자원을 개발한 기술의 발전에
다름아니다.

　　수년 전 일본에 연달아 강진과 쓰나미에 이어 핵발전소
폭발 사고가 터졌을 때, 이제 일본은 끝장나겠구나 하며 손뼉
치며 만세를 부르던 사람이 적지 않았다. 물론 일본에 대해
민족 감정의 앙금이 남아있는 한국인으로서 어느 정도 이해도
가지만, 그렇게 일본이 사라지면 해마다 몰아치는 쓰나미와
지진이 아무런 장애 없이 바로 한반도를 강타할 수 있다는 것도
한번쯤 생각해 볼 일이다.

　　역사적으로 서북방은 중국 러시아에 붙어있고 동남방은
일본열도에 붙어 있는 한반도로서는 어느 한쪽만 떼어놓고 말할
수 없게 되었다.

　　정치 군사적 이해 관계는 늘 갈등을 불러일으키나, 경제

사천왕 이야기

문화적 교류는 늘 평화적인 관계를 유지했으니 말이다.

그런데 지진과 핵발전소 핵무기 같은 절대절명의 파괴적인
관계에서도 미국의 이해관계와 더불어 한·중·러·일이 분리될
수 없는 일심동체의 한 몸임이 증명되었다.

그래서 나는 세계 4강이 둘러싸고 있는 한반도의 운명을
비관적으로 보기보다 낙관적으로 보기까지 한다.

다른 말로 남북이 상호 적대관계지만 뗄 수 없는 관계인
것처럼 4강과 한반도 역시 죽든 살든 동반운명체로 보이는
것이다.

천년 고찰을 지키는 수호신에 사천왕이 있고 일주문을 지나
눈을 부릅뜬 사천왕문을 지나야 사찰의 본전인 대웅전과 사찰
건물에 들어설 수 있다.

어릴때 어머니와 할머니의 손을 잡고 큰 절에 들어서면
무서운 형상의 사천왕과 금강역사 앞에서 울음을 터뜨리고
죄지은 것도 없는데 왠지 무서워 혼이 난 경험이 많다.

수십년 전 인문학과 통신이 상호소통 안 된 탓도 있으나
사천왕상이나 대웅전의 크고 작은 불상 신장상들이 무슨 귀신,
사탄이라고 오해한 기독교인들이 대부분이었고, 요즘도 그렇게
말하는 사람도 적지 않다.

석굴암 법당을 밖에서 지키는 돌로 된 금강역사와 그

다음의 문에서 사방을 지키는 사천왕들은 사실 불교 이전의
고대인도와 중앙아시아 티베트의 민속신앙이었으나 불교의
성립 이후 이들 각 민족의 신들을 내치지 않고 그대로 수용한게
오늘날 한·중·일은 물론이요, 대승의 대중불교가 확산한
지역과 나라마다 있는 민속 또는 토속신앙인 것이다.

　종교의 수호신, 원시 신앙은 인류가 생긴 이래 어느
나라마다 있으므로 내 민족 신앙만 좋고 남의 민족 신앙은
나쁘다고 생각하는 것은 편견에 불과해서 역사적으로 수많은
갈등과 전쟁으로 비화했다.

　유일신 대표 종교인 기독교, 이슬람도 고대 이집트 중동
메소포타미아 그리스 로마 인도 등의 전통민속과 숱한 신화,
종교 교리를 상당수 포함하고 있다.

　내 민족의 신앙만이 우월하다거나 정의라고 생각해서
타민족을 정복하고도 자신의 신이 불의를 심판했으므로 정의를
행한 것이라는 궤변을 일삼았다. 이른바 어리석은 민중을
기만해서 정치와 종교가 권력을 나누는 일이다.

　천수백 년에 걸친 기독교와 이슬람 전쟁 이슬람과 기독교
국가의 불교 국가 침략 및 점령 식민지, 그리고 수천 년 된 민족
종교를 가진 남미 마야 페루 문명이 그렇게 무너졌고, 북미
원주민이 말살되었다. 이는 서구 백인들이 점령한 역사이며,

이슬람의 중동 지역, 오스만 터키의 동·서유럽 정복 식민지 역사이다. 아무튼 이로 인하여 아프간 이슬람의 북인도 불교 성지는 하루아침에 붕괴되었다.

고대인도와 여러 나라의 수호신을 불교가 수용해 재해석한 바에 의하면 우주의 중심인 수미산 동쪽에 동방지국 천왕신이 있는데 비파를 타고 있다.

서방 광목천왕 남방 증장천, 북방 비사문다문천왕이 악기와 보탑 보검 등으로 우주를 사방에서 지킨다는 사천왕은 '하늘의 신'이다.

금강역사는 불교를 수호하는 신인데, 주로 문밖에서 지키는 신으로 오늘날의 경비견이나 경비원 경찰 군인에 해당한다. 선을 수호하고 악을 정치하는 호국 불교사상인 '권선징악' '파사현정'의 상징이다.

대승불교 경전인 '금광명경' '호국인왕경'은 불교가 들어간 나라에서 국가와 백성을 지키는 임무를 부여한 것이 호국 불교 사상이다. 특정 정치 권력을 지키고 타협하는 것을 호국 불교라 잘못 알고 있는 사람이 많은데 오해일 뿐이다.

우리가 사는 지구는 수미산의 남방에 속한 남섬부주라고 한다. 매일 사찰에서 낮 기도할 때 '남섬부주 대한민국 서울시 ○○동 아무개'라 한다.

내가 수도권에서 오래 머물다가 고향인 부산 가까운 양산에 머문 지도 3년이다. 수십년 사회참여를 하다보니 변변한 포교도량이나 작은 암자도 만들지 못하고 건물에 전세를 들어 연구소로 이름 붙인 지 이십여 년.

산밑의 건물에 있을 때는 그럭저럭 거주가 안정되었고 문을 열면 바로 산이라 공기가 신선했으며 단열재 시공이 잘 돼 한겨울에도 바깥 날씨가 5도 이상 높았고 여름에는 5도 이상 낮았으나, 현재의 건물은 단열재 시공이 안 되어서 겨울이나 여름이나 안팎의 기온이 거의 같다.

거기에 사방으로 길이 나 있는 터라 소음이 심한데 한가지 이점은 사방에 문이 있으며, 그 사방을 지키는 수호신이 있어 도둑들이 범접을 못한다.

얼마전까지 동쪽 공원 쪽에 CCTV와 전방 가로등이 있었는데, 한 달 전쯤 마지막으로 동방 사천왕이 부임하셨다.

이리하여 나는 비록 남의 집에 세를 들어 사는 옹색한 형편이나 사방에 수호신을 거느린 왕중의 왕, 신중의 신같은 복을 누리게 되어 세상 누구도 부럽지 않은 호사를 누리고 있다. 말년 복이 좋다더니 이를 두고 하는 말인지 모르겠다.

참고로 나의 수호신, 사천왕 이름을 말하고자 한다. 물론 내가 직접 먹을 것과 입을 것은 주지 않으며 가끔씩 먹을 것을 공양하는 헌공을 자주 하는 편이다.

　동방지국백구천왕, 서방광목청구천왕, 남방증장황구천왕, 북방비사문다문흑구천왕, 사족.

　3년 동안 이들이 내지르는 사자후에 처음 수개월 동안 잠 못 이뤘으나 지금은 이들, 나의 수호신 사천왕은 멀리서라도 내가 문을 열거나 지나가도 알아본다. 나와 동네를 지키는, 그리고 민심이 온화하고 지혜로운 양산 시민들을 위해 수고하는 그들에게 감사의 인사를 전한다.

＊

5

장욱진 화백의 화엄세계

만년설로 차를 마시며

- 히말라야에서 띄우는 편지

김 선생님. 저는 2주 동안 다람살랴를 떠나 북인도의 회교도 지역 스기나가르를 거쳐 히말라야의 오지 나닥 지방을 순회하는 총 1천 6백km 히말라야 횡단을 마친 후, 이곳 마날리에서 휴식하고 있습니다. 말이 쉬워 1천 6백km이지 한번 버스를 타면 200~300km의 구간을 10시간 이상 논스톱으로 달리는 고행의 여정입니다. 내전 상태인 카슈미르 지역은 위험했지만, 중국 항조우의 시후호와 비슷한 달 호수의 경관은 참으로 장관이었습니다.

힌두교도와 회교도의 분쟁으로 인도인의 전통적인 여름 피서지였던 카슈미르에 내외국인의 발길이 뜸해지면서 이곳 마날리 다람살라가 여름 휴양지가 되고 있습니다. 스기나가르 두 번째 도시인 카길은 참으로 인상적인 곳이었습니다. 중앙아시아의 관문인 그곳은 인도 내의 중요한 회교도 성지로 마호메트 머리털이 보관되어 있는 곳입니다.

낮에는 40도 이상의 뜨거운 날씨로 자칫 열병이나 감기에
걸리기 쉽습니다. 저도 한동안 밤낮의 심한 일교차로 고생깨나
했습니다. 카길은 또한 산 넘어 파키스탄을 국경지대로 하고
있어 파키스탄의 지원을 받는 반군 게릴라들이 활동하는 조금은
위험한 지역입니다만, 세계 3대 장수촌이라는 훈자와는 150km
떨어져 있습니다. 그래서인지 살구가 많고 채소가 풍부한
오아시스입니다.

저는 이곳에 며칠 머물면서 다양한 인종을 만나보았습니다.
중앙아시아란 원래 아프리카에서 이동해온 제2의 인류
발생지라고 세계사에 기록돼 있는 만큼 수많은 종족들의 교류가
있었을 것입니다.

순몽골리안, 순인도인, 순중앙아시아인 외에 인도계
몽골리안, 인도계 중앙아시아인, 중앙아시아계 몽골리안 등이
확연히 구별되는데, 이들 중 적지 않은 사람들이 신라 고려때에
한반도로 흘러들었을 것이라 추정됩니다. 저는 이번 히말라야
트레킹에서 보고 깨달은 점이 많습니다. 우리가 보통 알고 있는
인도라고 하면 남쪽의 더운 지방을 연상하는데 북인도는 전혀
그렇지 않습니다. 히말라야산맥의 남쪽은 북인도에 이어져
미얀마까지 내려가고 있습니다.

그러니까 광대무비한 히말라야는 미얀마를 기점으로

멀리 만주, 몽골, 중앙아시아, 시베리아까지 뻗어있습니다.
중앙아시아의 원조라고 주장하는 이란 중동 아랍 지방의
회교도들이나 아리안의 순종이라는 인도, 유럽인과 시베리아
동아시아 몽골인들 모두가 히말라야를 모체로 삼고 있다는
생각을 해봅니다.

히말라야의 남쪽 일부를 횡단하면서 항상 설산이 보이거나
산등성이를 통과했기 때문에 히말라야의 영향권에서 한 치도
벗어날 수 없었습니다. 히말라야는 높은 산만 솟아있다고
생각하기 쉬운데 전혀 그렇지 않습니다. 중앙아시아 같은 사막,
모래, 바위산, 오아시스가 수없이 많고 몽골 같은 대초원,
호수와 강이 헤아릴 수 없습니다. 나닥의 수도 레에서 내려올
때는 해발 3,000m의 고지에서 버스를 몇 시간 달려도 끝이 없는
대평원이 펼쳐졌습니다.

저는 히말라야의 조용하고 아름다운 오지 마을 알치에서
만년설로 차를 달여 먹었습니다. 마치 옛날 강원도 산골지방의
숨겨져 있는 마을처럼 대자연에 둘러싸인 순박한 몽골리안
마을이었습니다. 1천년이 넘는 불교 사원의 벽화와 조각은
미학의 극치였습니다. 마을 한가운데에 위치한 까닭에
회교도들의 무자비한 공격을 피할 수 있었다고 합니다.

또 한가지 중요한 것은 북인도를 돌아보면서 몽골리안의

문화는 불교라는 것을 깨달았습니다. 네팔인이 힌두교를
믿지만, 전체적으로 한국 일본을 포함해서 몽골리안의 민족
종교는 불교 문화를 공통적으로 지니고 있습니다. 북인도의
많은 인구 중 인도인은 힌두를, 중앙아시아 지역은 모슬렘을,
몽골인은 거의 불교와 샤머니즘을 공유하고 있다는 사실입니다.

　카길에서 구한 아샘차는 지리산 녹차 못지 않은 훌륭한
맛이었습니다. 우리가 통칭 중국 윈난성을 차의 원산지라
합니다만, 지금도 소수 민족의 땅인 윈난성은 본래 중국인이
아닌 미얀마 월남의 몽골 인종의 땅이었다고 합니다.
마찬가지로 시킴의 아샘은 인도인이 아닌 히말라야, 몽골리안의
지역입니다.

✳

낙엽 길의 사색

　내가 지방에서 올라와 경기도의 작은 마을에 머문 지
7년이다.

　가까운 거리에 깨끗한 약수터가 있고 산밑으로 오솔길이 나
있어, 나의 작은 연구소로는 안성맞춤이다.

　서재의 창문을 열면 향긋한 나무와 산의 싱그러운 공기가
청량해서 어지러운 세상의 뜨거운 머리를 식히기에 이보다 좋을
수 없다.

　먼 산에 서리 내리고 눈 내린 늦가을, 나무들은 겨우살이를
준비하고 있다. 단풍나무와 감나무의 오묘한 오색 빛깔,
행나무의 황금빛 단풍이 가을을 수놓는데 일등공신이다.

　소나무 잣나무는 또 금빛 낙엽을 땅에 떨구고 겨울 준비를
한다. 이제 얼마 안 있어 모진 북풍 한설에 견디면서 홀로
청청靑靑할 것이다.

　오래 전 제주도 대정의 추사 선생 귀양처에서 세한도를
떠올리며 선생의 뼈에 사무치는 고독과 추위를 맛보았다.

한겨울의 제주도 설한풍은 매섭기로 유명하다.

한 칸의 초막집과 소나무 두어 그루, 그리고 겨울 달빛만이 비추이던 곳에서 선생은 빛나는 문장과 독보적인 서예를 완성했을 것이다. 그리고 초의선사가 보낸 녹차를 귀하게 마시면서 가족들과 친구, 나라의 안위를 걱정했다.

추사 간 지 150년이 지난, 풍요와 편리함으로 완전히 세상이 바뀌었건만, 나는 무엇을 고뇌하고 근심 걱정을 하는지 생각에 잠긴다.

인간은 생각하는 갈대라 했던가. 밥 잘 먹고 몸 편한 것만으로 만족이 되지 않는다. 보다 더 많이 갖기 위해서, 그것이 지식이든 기술이든 혹은 물질욕과 명예욕이든 인간의 욕구는 끝이 없다.

나 역시 젊을 때는 세상을 바꾸겠다는 혁명의 큰 욕망을 꿈꾸었으나, 이제는 나 자신을 바꾸는 것조차도 어렵다는 것을 깨닫게 되었다. 그러나 가능하면 오랫동안 써왔던 글들이 한 번쯤은 베스트셀러 목록에 올랐으면 좋겠다.

어려운 이웃에게 작은 도움을 줄 수 있는 밑천과 건강이 허락하는 한 배낭여행을 몇 년 정도 더 했으면 좋겠다는 바램도 있다.

길거리의 노숙자, 부모 사랑을 받지 못한 불우 청소년들,

장애를 가진 어린이들, 미혼모들, 생활이 어려운 노인네들,
병고에 신음하는 사람들, 억울하고 상처 입은 사람들을 보거나
기사를 읽으면 가슴이 아프고 도움을 주지 못하는 나 자신의
무능이 안타깝다.

가을은 우수의 계절이라 한다. 한때는 릴케를 읊조리며
가을의 상념에 잠겼으나 나 자신이 시인이면서 시를 가까이
하지 않으니 이상한 일이다. 다만 브람스의 헝가리 무곡은
변함없이 듣는 편이니 아직 내 마음은 가을인지 모를 일이다.

늦가을이 지나고 곧 겨울이 되면 고독과 우수는 더욱
깊어지고 눈물과 한숨, 추억과 연민의 밤은 한층 길어지리라.

낙엽이 발에 채이는 오솔길을 걸으면서 생각에 잠긴다.
하늘은 푸르고 나무는 아직 고운 옷을 걸치고 있다.

평생을 산중에서 그리고 사회참여로 보냈지만, 아직도
산이 그립고 사람이 그립다. 산 밑에서 매일 산을 바라본다. 한
발자국만 나가면 도심지이건만 나이 탓인지 아니면 계절 탓인지
늘 허허롭다.

지난 겨울 내내 눈이 쌓이고 나목이 죽은 듯 춥고
앙상하더니 어느 날 봄의 왈츠가 울려 퍼지면 산수유 어린
가지가 움을 틔우고 개나리 진달래 벗나무 목련이 뒤를 이어
봄의 향연을 펼친다.

숲이 우거진 여름 산길은 온통 푸른빛의 에너지로 충만했다. 뜨거운 태양과 장대 같은 비를 견디고 나면 어느새 나무들은 더욱 아름다운 자태를 뽐낸다. 낮 뻐꾸기와 밤 소쩍새가 번갈아 울고 하늘의 별은 총총했다.

설레던 봄, 기운찬 여름, 결실의 가을이 지나고 나면 곧 휴식의 계절이 올 것이다. 황진이의 '동짓달 긴긴밤'이나 키에르케고르의 '죽음에 이르는 고독한 존재'인 것을 실감나게 하는 겨울이다.

그렇지만 김광균의 '먼 곳에서 여인의 옷 벗는 소리'라거나 서산대사의 '눈 덮인 들판을 함부로 어지럽게 걷지 말라. 뒷사람의 이정표가 되리라'는 것과 안드레센의 '성냥팔이 소녀'도 눈 오는 겨울밤이 아니면 상상하기 어렵다.

그때는 남녘땅에 왜 그리 눈이 많이 왔는지 동네 개구쟁이들과 어울려 눈사람을 만들고 지치도록 눈싸움을 벌였다. 먹을 것도 귀하고 땔감도 귀할 때라 명절이나 제삿날이 지나고 나면 굳어진 떡과 밤을 화롯불과 연탄불에 구워 먹으면서 놀던 추억이 새삼 그립다.

삼십대 초반쯤 지리산 깊은 골짜기에 있는 절에서 한겨울을 지내며 참 행복한 시간을 보냈던 적이 있다.

불심이 깊고 헌신적인 어머니의 들기름 우거지 찌개와 묵은

김치, 밭에서 김장하고 남은 난장이 배춧잎 쌈으로 겨울 석 달
내내 먹거리가 풍성했다.

상수리 낙엽이 발목까지 쌓인 산길을 오르내리고
밤에는 초롱불 밑에서 가을볕에 말린 꿀맛 같은 반건시를
먹으며 이모님의 맑고 구성진 '황성 옛터' 노랫가락에 얼마나
행복했던가.

일기일회一期一會 기회는 한 번뿐이고 좋은 만남은 한 번이라
했던가. 세월이 가고 산천이 몇 번 변해도 그때의 행복한 시절은
다시 오지 않는다.

세상은 너무 풍요롭고 어머니는 돌아가셨고 곱던 이모님은
노쇠하다. 친구 같은 젊은 수도승들은 뿔뿔이 흩어져 생사를
모른다. 천성적으로 자유인이니까 애써 찾지 않는다. 그냥
바람결 소식으로 짐작할 뿐이다.

인간이나 자연이나 고통을 통해 성숙해지는 것은
마찬가지다. 계절의 순환이 덧없는 생성소멸을 만들지만,
그것이 자연의 이법理法이고 생명이 영원히 지속되는 윤회의
법칙이다.

겨울 추위가 오기 전에 오대산 전나무 길과 부안 내소사
숲길, 제주도 돌담 올레길을 걷고 싶다. 육십여 평생을 걸었지만
걷고 또 걷고 싶다. 차를 마시고 책을 읽고 명상에 잠기며 향

피우고 기도하는 것이나 하루 두 끼 식사와 대여섯 시간의 수면, 대소변을 잘 배설하는 일은 모두 유쾌한 청복淸福이다. 그리고 일정한 노동과 운동은 내가 살아있음을 증명하는 것이다. 오늘도 걸으며 또 생각한다.

＊

당나라 두보杜甫의 우국시憂國詩

당나라 대표 시인 두보가 전쟁의 참상을 읊은 '춘망春望'이라는 오언절구五言絕句이다.

나라는 망했어도 산하는 옛 모습 그대로네
봄이 온 성안에도 초목이 우거져
그때를 생각하니 꽃을 봐도 눈물이 흐르네
봉화는 석 달이나 계속 피어오르고
집에서 온 편지가 천금보다 반갑도다
흰 머리카락 더 많이 빠졌으니
아마도 비녀 무게를 이기지 못할 듯 하여라

國破山河在국파산하재　城春草木深성춘초목심
感時花濺淚감시화천루　恨別鳥驚心한별조경심
烽火連三月봉화연삼월　家書抵萬金가서저만금
白頭搔更短백두소경단　渾欲不勝簪혼욕불승잠

시성 두보는 젊은 시절 말단 관리로 있으면서 전쟁의 참상을 겪고 슬픔과 고통을 노래한 시인이었다. 지금 읽어도 눈물 나게 슬픈 작품이다.

당나라 말기 안록산과 양귀비, 현종 사이에 있었던 내진은 백성들이 피난을 갈만큼 큰 전쟁이었다. 거기에 굶주리고 병이든 사람들, 강제 징집으로 자식들은 남아있지 않고 늙은 부모만 남은 상황에서 부패한 관료들은 늙은이들마저 강제노역에 징발했다.

당나라는 3백년 동안 유지된 왕조로 중국 역사상 청나라와 함께 가장 정치 경제 문화가 발전한 세계제국이다. 그러나 큰 제국도 계속 땅을 넓히고 타민족을 정복하면서 전쟁의 확산과 물자의 부족, 군대 징집과 기근으로 서민들은 지옥이지만 귀족들은 술과 고기 향연으로 날을 지샌다.

우리 역시 36년간 일제의 가혹한 지배를 받으면서 남부여대해 만주, 연해주로 피난 간 사람들이 있는가 하면 현실에 타협한 중서민들과 일제에 부역해서 출세를 보장받아 기름진 옥토와 작위 감투를 쓴 사람들이 많았고 6.25 전쟁에도 상황은 변하지 않았다. 돈 있고 힘 있는 기득권은 군대에 가지 않고 식량과 물자를 넉넉하게 배급받을 수 있었으나 힘없는 서민들은 군대에 징발되어 귀한 목숨을 잃었다.

역사는 되풀이된다. 아직도 힘 있는 계층은 세상을
마음대로 천국이 자기 것인양 활개치고 살고 있으나 힘없는
서민들과 체제에 저항하는 민주인사들은 가난하고 위험인물로
낙인찍히고 종북 빨갱이라 희생양 삼는다. 정치는 독재 논리의
파렴치 인사들이 주도하며 힘없는 야권은 서민들의 인권과
생활고를 해결해 주지 못한다.

다행스러운 것은 6·25 전쟁 이후 긴 휴전 평화가 유지되고
있다는 사실이며, 늘 전쟁의 위험과 사회불안은 안고 있으나
국민들이나 세계가 원하지 않는다는 점이다. 물론 미친 사람들,
극우 전쟁광들이 남북전쟁과 체제 불안을 부추기고 있지만
현실적으로 이루어지기란 어렵다.

우리가 야권과 깨어 있는 양심적 시민단체를 지지하는
것도 반공 우익의 정치적 욕망 때문에 남북한 체제와 사회
불안을 흔드는 권력에 대한 광기를 통제해야 평화가 유지되는
이유에서다.

어떤 전쟁이라도 인간과 세상을 파괴한다는 점에서 좋은
전쟁은 없으며 나쁜 전쟁만 있을 뿐이다. 우리가 역사에서
배우는 최고의 교훈이 아닐까?

✳

처서

오늘은 여름의 마지막이라는 처서다.

처서에 비가 오면 모기 입이 비뚤어지고 쌀독의 쌀이 준다고 했다.

가을바람이 솔솔 분다. 해마다 더위와 가뭄, 홍수와 태풍으로 지구촌이 몸살이지만, 우리도 예외가 아니다. 물 불 바람의 삼재와 세상 살아가는데 불가항력적인 온갖 재해를 팔난이라고 하며, 옛 선인들은 연중 삼재팔난이 없기를 늘 염원했다.

위로부터 왕실과 아래로부터의 중서민에 이르기까지 자연 재해와 전쟁 질병 홍수 기아 같은 세상의 재앙이 없기를 불전에 기도드리는 것은 전통적 한국불교의 호국 신앙이었다. 늦더위가 연일 기승을 부린다. 윗녘 중부 이북지방은 올 여름 내내 폭우 홍수로 시달렸다 하는데, 아랫녘 삼남지방은 더위와 가뭄으로 참기 힘든 뜨거운 여름을 보냈다.

남쪽에 비가 많이 오고 북쪽은 비가 적은게 정상인데,

지구온난화 영향인지 반대가 되어 올여름 관상대의 일기예보는 틀리기가 일쑤여서 종잡을 수 없었고 농어민들에게는 원성을 들었다.

통상 팔월 십오일이 지나면 서늘한 바람이 불고 폭염이 끝나는데 '오월 윤달' 때문인지 늦게까지 더위가 이어질 모양이다.

그러나 사월부터 무더운 날도 오늘을 기점으로 차차 수그러들 전망이다. 전국에 비 소식이 맹위를 떨친 여름의 불덩이를 식혀 서늘한 청량한 가을바람으로 변할 것이다.

저 사나운 폭염은 마치 식민지 시대의 가렴주구와 같고 독재자의 폭정과 같아 민중들을 압제했으나, 폭염이 계절의 순환에 따라 바뀌듯이 영원히 지속될 수 없었다.

인간은 누구나 따뜻한 사랑과 서늘하고 쾌적한 행복을 원하지만 마음대로 되지 않는다.

때로는 더 넓은 창해에 폭풍이 몰아치듯 폭염 폭설과 홍수 지진이 인간을 괴롭힌다. 다만 수십만 년 전에 나타난 현생 인류의 조상인 호모사피엔스는 이러한 자연의 도전을 극복하고 맹수와 질병도 지혜롭게 물리쳤다.

인간과 자연은 항상 멈추어 있지 않고 늘 움직인다. 살아 있는 것은 사람이나 동식물도 움직이는 것이 특징이다.

운동과 변화를 통해 세상은 진화하고 인간의 문명은 진보한다. 이것을 다른 말로 만물유전, 인생무상이라는 철학적인, 내지는 생명과학의 원리라고 말한다.

자연은 주기적으로 순환하고 세상은 궤도에 따라 변화할 뿐인데 인간들은 행과 불행, 고통과 환희의 감정에 지나치게 예민하고 반응하는 것이 아닌가 생각한다.

왜냐하면 지구의 나이 46억 년의 영겁에 비해 인간의 출현은 겨우 1백만 년이고 현생 인류는 수십만 년에 불과하다는 사실이다.

더구나 인간의 역사라 할지 문명의 시초는 청동기 철기 이후의 1만 년도 되지 않는 시간이다.

우리가 자연과 문명의 역사에 배우는 것이 있다면, 결국 인간의 영웅담이거나 위대한 문명의 자취가 아니라 극히 짧은 '인생 백년'의 교훈과 더불어 살아가는 지혜일 것이다. 역사상 존재했던 어떤 영웅이나 지배자도, 오래 지속된 문명도 거대한 우주와 광활한 지구 공간에서 '한줌 티끌'로 남았다는 사실이다.

오늘 여름의 끝자락, 처서를 지나면 내일부터 가을이 시작된다. 여름내내 땀 흘려 이룬 결실을 거두는 추석도 멀지 않았다.

227

방둑의 형형색색 코스모스 꽃길을 거닐고 때늦은 상사화의
불타오르는 빛깔을 감상하는 것도 좋겠다.

무더운 여름의 벗, 매미는 울음을 잠시 멈추고 어디서
귀뚜리가 울 것 같은 저녁이다.

여름여름 여름여름......%♡^~***....

가을 가을 가을 가을 맴맴.. 매앰.... 맴 맴**##.........

*

세계적 이슈의 음식문화

현대인들은 누구나 우리 음식과 외국 음식에 관심을 갖거나 맛을 알고 요리 방법과 전문업소를 몇 가지라도 알지 못하면 대화에 참여하고 소통이 불가능하게 되리만치 음식문화는 이제 보통국민의 생활이자 취미이며 예술의 경지로 올라갔다.

미슐랭을 들먹이고 스파게티 생면 메밀국수 카레 북경오리 요리를 모르거나 맛보지 않는다면 문명인을 자처할 수 없게 되었다. 원두커피와 와인, 차와 도자기 문화도 일상이 되어 최소한의 상식을 필요로 한다. 마치 핸드폰에 이어 스마트폰과 태블릿피시 아이폰이 젊은이와 전문가들의 필수가 되었듯이 말이다.

이번 설 명절에도 전통적인 다례방식을 거부하는 며느리와 딸들의 반란이 있었다고 한다. 시골의 시아버지 시어머니 친척이 있는 전통 양반가의 제사가 많은 며느리들은 힘들다고 호소하고 어머니의 힘든 시집살이를 지켜본 딸들은 종갓집이나 형제 친척이 많은 집과는 절대 결혼을 맺지 않겠다고 한다.

독신자가 늘고 자녀를 갖지 않으려 하는 젊은 부부들이
점점 많아지고 있어 가뜩이나 결혼과 출산인구가 줄어들고 있는
우리 사회를 더욱 늙어가게 하는 것 같아 심히 걱정된다.

옛것을 고집하거나 그렇다고 옛 문화 관습을 몽땅 버리는
것도 현명하지 않을 것이다. 수천 년의 문화와 역사를 지키되
현대에 맞게 간소하게 만들면 된다. 가령 명절이나 조상제사도
대폭 음식과 횟수를 줄이면 된다.

전통적인 여성의 몫이었던 요리가 현대화된 주방과 기구
덕분에 남녀 구별이 없어진 때문인지 마트에 장보러 가는
남자들이 많아지고 있다. 시대의 추세에 맞는 것이다.

식욕은 인생 욕구와 본능의 제1조건으로 절대적이다.
'고독한 미식가' '중화대반점' '시골밥상' '국민밥상' 같은 프로가
시청자들을 끌어올리고 거기에 더해 유기농 재료, 건강 웰빙
채식 문화와 사찰음식을 들먹이면 요리를 통해 힐링 명상의
수단이 되기도 한다.

그러나 음식은 어디까지나 음식으로서 건강과 생명 유지의
수단이지 결코 먹기 위해서 존재하는 목적이 아니며 살기 위해서
먹는 수단이다.

그래서 나는 어떤 저명한 요리연구가나 영양학자 음식
전문가의 말을 존중하되 그것이 전부라고 믿지 않는다.

오히려 음식을 몸과 마음을 다스리는 철학이요, 풍류이며
생존 에너지의 수단으로 보는, 이를테면 생명과학 차원으로
바라본다. 음식에도 멋과 맛이 함께 해야 하고 여럿이 먹어서
기분이 좋아지는 흥, '오방신노 좋아할 신명'이 난다면
금상첨화일 것 같다.

시골밥상이나 산중 절의 산채 나물과 이름 없는 섬에
가서 건져올린 바닷가 강변의 해산물을 먹고 맛과 멋, 건강을
얻는다면 이보다 더 행복할 수 있을까 싶다.

요컨대 음식은 고단백 고지방의 산해진미를 과잉
섭취하기보다는 자신에게 맞는 음식을 골고루 알맞게
섭취한다면 약도 되고 몸과 정신에도 유익하다고 보는 것이다.

다도 문화의 핵심을 '정행검덕精行儉德'이라 하는데 음식의
도에도 마찬가지로 정행검덕이 음식문화의 요체라고 생각하며
한 잔의 차, 한 그릇의 밥. 텃밭의 야채와 들판의 나물, 생선
육고기 제철 과일을 적당히 먹고 몸과 마음을 다스리며
건강하게 장수하는 것은 누구나 좋아하는 현대인들의 꿈이고
행복한 인생으로 인도해줄 것이라 믿는다.

※

최인호 작가를 생각한다

이십여 년쯤 됐을까. 아마 90년대 말일 것이다.

문학과 인생의 스승이신 원로시인 구상 선생이 어느 날 이해인 수녀의 조촐한 가족모임 출판기념회에 초대한다는 전갈을 받았다며, 내게 서울의 모 호텔로 오라고 하셨다.

1980~90년대에 선생님을 자주 뵙고 세상을 살아가는 지혜와 교훈, 인간관계에 대해 무언의 가르침을 받는 등 인연이 깊었다.

자택이나 식당 문학행사장 같은 곳에서 자주 뵈었으나 그날은 이해인 수녀의 모임에 초대받아 갔다. 이해인 수녀와 장익 주교, 작가 한수산은 이미 구면이었으나, 작가 최인호, 박완서 선생, 피천득 교수, 국회의장을 역임한 샘터사 발행인 김재순, 사회를 본 아동문학가이며 샘터사 주간 정채봉씨 등은 초면이었다. 그외 유명작가와 언론인, 출판사 대표 등 20여 명이 넘는 만찬회였다.

사회자가 참석자 대부분을 잘 알아서 소개를 하다가 내

순서가 되자 셀프 소개를 하라고 시켰다. 초대된 사람들이
너무 쟁쟁한 유명인사들인지라 볼품 없는 승려 하나가 끼어서
분위기를 깨뜨리지는 않는지 노심초사(?)하던 차에 인사를
하라고 해서 적잖이 당황했다.

마치 못난 촌사람이 잘난 서울 사람 앞에서 주눅이
드는 그런 순간이었다. 정신없이 세련되지 않은 짧은 말로
더듬거리며 인사를 했다.

지금 같으면 말문이 열려 능숙하게 몇만 군중 앞에도 눈
깜짝 않고 더듬거리지도 않으며 원고를 보지 않고도 수십분간
이야기할 수 있다.

말도 대중 앞에서 많이 해야 늘고 글도 수많은 독자들이
보는 공개된 지면이라야 더 잘 쓸 수 있고 세련된다는 깨달음이
생겼다. 불과 20년 전에만 하더라도 글은 여전히 대중 독자들이
상대라 문제가 없었지만 대중 앞의 언변은 쉽지 않았다.

옆자리에 앉은 작가 최인호와 한수산과 어울리면서 축하
포도주 몇 잔을 나누고 흥이 도도한 최인호 씨는 동무라는
이해인 수녀의 비밀인 어릴 때의 추억을 폭로했다. 잘했으면
이해인 수녀와 결혼할 뻔했다는 등 농담을 주고받아 유쾌하게
이야기를 이끌었다.

작가 한수산은 1980년 초 중앙일보에 소설을 인기리에

최인호 작가를 생각한다

연재하다가 베트남 참전군인과 전두환 군사정권을 비하했다고
모진 고문을 받고 일본으로 수년간 망명(?)을 다녀온 아픈
기억을 간직한 작가로 1997 년 9월 최초로 고려인 강제이주
60주년 회상의 열차에 동승해 15일간을 같이 다닌 인연이 있다.
그와의 이야기는 다음 기회로 미룬다.

※

최인호의 역사소설『길 없는 길』

　　최인호는 1980년대 국민 교양지였던 〈샘터〉에 가족을
주제로 오래 연재했다. 물론 법정 스님과 이해인 수녀가 샘터의
최고 인기작가로 독자들의 사랑을 받았다.

　　최인호가 젊은 시절 주로 신문 연재소설로 발표하여 잘
알려진『별들의 고향』『불새』『내 마음의 풍차』『천국의 계단』
등은 암울한 1970년대를 살던 젊은 독자들의 위안이 됐고 신문
연재소설의 주가를 높였다.

　　1980년대 이후에는 조선조 말의 전설적인 도인이고 근대
불교의 큰 스승인 경허선사의 일대기 '길 없는 길'을 연재해
호평을 받고 난 이후 본격적인 역사소설가로 변신했다.

　　『잃어버린 왕국』『장보고장군』『거상 임상옥』등 수많은
역사소설이 히트를 쳤고 TV 사극으로 제작됐으며, 드라마의
주인공은 대부분 성공한 배우가 되었다.

　　최인호가 한참 잃어버린 왕국의 광개토대왕 부호 #의
비밀을 찾아 만주 일대와 옛 고구려 도성을 다 가봤다고 해서 나

역시 당시 중국과 만주 일대를 방랑하고 있을 때, 최인호가 한 달 이상 묵었던 고구려 집안의 압록강변 민박집도 갔다. 또 일제 강점기 시절의 자료와 그 옛날 백제가 망한 뒤 일본에 망명한 왕족 귀족 장인계급을 찾아 여러번 일본을 다녀왔다.

최인호의 결론은 # 부호는 신성한 '하늘우물'이며, 일본의 한국 지배는 인과응보라고 했다. 즉 백제가 망한 뒤 일본에 망명한 백제의 왕족 귀족이 지배한 일본은 천년 전의 원한을 갚기 위해 한국을 식민지배했다는 항일운동가와 반일애국자의 입장에서 보면 기가 찰 언어도단의 주장을 작품에 반영했다.

불교의 윤회론과 인과응보론은 종교철학이며, 또한 과학이라 하는데, 이것으로 비춰보면 천수백 년 전의 한이 가슴 속에 내재한 일본인이라면 그럴 수도 있을 것이다.

최인호는 가톨릭 신자이면서 역사소설을 쓰면서 불교에 눈을 떴다. 산문 '나는 스님이 되고 싶다'를 발간했고 불교에 심취했다.

오륙년 전 유명을 달리한 역사소설과 TV 사극의 대표작가 최인호를 다시 생각하는 것은 지정학적으로 중국과 일본의 한가운데에 위치해 있는 한반도 평화의 길이 다시 열리게 된 역사적인 시대를 맞이하고 있기 때문이다.

*

제5부 · 장욱진 화백의 화엄세계

장욱진의 화엄세계와 본지풍광 本地風光

– 인간과 자연, 삶과 죽음을 달관한 화가

삼십년 전에 별세한 장욱진 화백은 한국 화단의 기인이며 도인이라고 말한다. 물론 미술평론가들은 소재와 주제, 기법과 작품성, 작가의 삶과 이력 등을 두고 종합적으로 평가하지만, 때로는 작가의 표면적인 외면보다는 심층적인 내면을 중시하게 된다.

1세기 전의 격변기에 태어난 작가는 근대화단의 2세대로 역사의 질곡과 변화의 삶을 보냈다.

조선이 망하고 한일합방 전후 동아시아는 일본의 통치하에 있었던 까닭도 있지만, 근대화의 선두주자인 일본이 모든 인문과학의 본산으로 당시 대부분의 유학생은 일본에 가서 학문과 문화예술을 수학했던 시절이었다.

중국 근대소설의 상징인 '아이큐정전'의 루쉰魯迅도 일본 유학파로 중국 근대소설가로서 탁월한 사상가였다. 본국에 남거나 유럽 유학도도 있었고, 당시는 일본 유학이 대세였다.

장욱진도 일본 유학파 출신으로 김환기 유영국 이규상 이중섭 등과 '신사실파 동인'으로 활동했다. 6·25 전쟁의 암울한 시대를 겪고 수복 뒤 서울미대 교수 등 교육자로 남보기에는 존경받는 위치에 있었지만 보다 자유로운 전문작가의 삶이 맞는 것을 깨닫고 얼마 후 평생 작가로서의 길로 바꿨다

도시의 생활환경은 창작이 생명인 예술가로서는 적합하지 않았으며, 본래 유복한 집안 출신의 그는 독실한 불자인 부인의 헌신적인 뒷바라지로 세속의 명리와 생활에 구애받지 않고 오직 창작에만 몰두할 수 있었다 .

서울과 경기도를 여러번 옮겨 작업을 하고 용인에서 마지막 창작혼을 불태웠다. 6.25 전쟁 직후 고향이 가까운 지역을 다니다가 그린 자화상은 당시 작가의 고독한 심경과 희망을 잘 보여준다.

황금 밀밭을 혼자 가로질러가는 길에 구름과 까치 강아지가 뒤따른다. 홀로 걷는 길이 결코 혼자가 아닌 자연과 여러 생명이 함께 하는 길이라는 것을 암시한다 .

고등학교때 일본인 선생에게 대들어서 일시적으로 휴학한 일이나 일제 강점기와 해방 이후 수많은 지식인이 한쪽의 이념과 사조에 휩쓸렸지만, 장욱진은 세상과 타협하지 않고

독자적인 노선을 걸었다.

　　일본 유학 시절 그는 피카소의 큐비즘과 야수파,
초현실주의와 인상파, 일본 미술, 이집트 벽화, 아프리카, 중동
원시미술, 중세 비잔틴 미술 등 수많은 근대미술을 섭렵했으나,
한곳에 빠지지 않고 근대 모더니즘에 바탕한 한국화를
고집했다. 그러나 민족주의적 미술에 집착하기 보다는 폭넓은
소재와 주제를 포용했다.

　　고구려 벽화, 고려 불화, 민화, 전통 산수화를 이해하고
작품 속에 수용한 것으로 보인다.

　　작품 초기의 시골 처녀상과 초가집, 그리고 작가가 평생
그린 고향의 까치와 가족, 소나무가 황토색으로 그려진 것이
그것이다.

　　그러나 작가는 단순히 고향을 그리워 하는 향수에만
머무르지 않는다. 더 나아가서 부인을 그린 70년대 초반 작품
'진진묘'에서 부처로 화현한 보살상을 그려 부처와 인간이
하나가 되는 승화된 인간상을 완성하기도 했다.

　　부인의 예불기도 모습을 본 작가는 그 길로 1주일 동안
침식을 잊고 그렸다는 '동자보살상'은 석가의 '천상천하
유아독존상'과 오대산 상원사의 '문수동자상'을 연상시킨다.
무명과 번뇌를 떨치고 세상을 구제하는 보살, 곧 구세주,

경상도의 오랜 불교문화인 '문동이'를 형상화했던 것이다 .

　　내가 80년대에 처음 이 작품을 판화로 처음 봤을 때, 마치
수천년 전 인류가 바위 동굴에 남긴 암각화 같았고 뚜렷한 선은
신라 남산석불의 선각화 같이 야성의 종교적 에너지가 넘쳐
보였다.

구도자의 초월적 삶과 화광동진

　　장욱진은 일제강점기와 6.25 전쟁의 참상을 겪고 덧없는
인생무상을 느끼면서 작품에 온 삶을 불태웠다. 고등학교
자퇴 직후 전염병으로 수덕사 만공선사를 만나 가르침을 받고
6개월을 수덕사에서 요양했다. 그때 일본 미술대학 1세대인
나혜석을 만나 격려를 받기도 했다.

　　그 후 70년대에는 영남의 큰 도인으로 유명한 통도사
극락암의 '경봉선사'를 만나 문답을 나눴다. 참선 화두를
말한 경봉선사에게 그림도 도를 닦는 일이라고 응수했다.
사람됨과 본질을 알아보는데 비상한 통찰력이 있는 경봉선사는
그가 승려 못지 않는 구도자임을 알아차리고 곧 '비공非空'이
라는 법호를 내린다. 본래 있는 존재도, 본래 없는 것을 말하는
공의 철학도 다 버리고 넘어서는 초월을 지향하는 작가의
정신세계를 알아차린 것이다.

1980년대 이후의 나무 시리즈는 거대한 나무가 중심에
있고 해와 달이 좌우에, 그 위에 작가 자신이 앉아있거나 가족,
산과 일월, 까치와 신선 동물이 한몸으로 일체화되어 있다.

나무는 무속의 소재지만, 원시문화에서는 신과
우주를 뜻한다. 생명의 순환을 상징하는 불교의 윤회사상은
나무를 중심으로 신과 인간 동식물 해와 달의 존재로 이뤄진다 .

마지막 용인에서의 5년은 작가가 평생의 열정과 구도자적인
자세로 많은 작품을 완성했다. 아마도 회의를 품은 고독한
구도자에서 도를 깨달은 고승이나 도인처럼 세상과의 소통이
왕성한 작업으로 나타났다.

작가의 그림 바탕이 주로 청녹색 황토색 혹은 백색인 것은
인류 수천년 역사의 대자연 토속 빛깔이며 그 위에 사람 나무
동물 일월 어린이 여인 신선, 자신과 가족을 그린 것은 극히
유교적인 가치이며, 하늘 신선 나무 일월은 신선과 도교의
세계를, 단순한 선과 일체화된 통합과 조화는 선불교와
궁극적인 화엄세계를 지향한다고 본다.

작가는 이처럼 동서양 고전과 현대를 아우르는 작품세계를
단순화시키고 압축해서 작품의 완성도를 높였다. 마치
추사 김정희의 세한도를 비롯한 다양한 시서화詩書畵의
작품처럼 구도자로서 춥고 배고픈 고독의 시절에서 벗어난

대자유인으로서 자유분방한 최고의 경지에 오른 작품이라
평가할 수 있는 여지가 있다.

그래서 작가는 한국을 대표하는 화가들이 춥고 배고픈
시절의 극심한 생활고를 겪었으나 역시 유복한 환경의 김환기와
함께 호사스럽고 넉넉한 생활 환경을 가지고 있었지만 세상의
부귀영화는 뜬구름으로 여기고 오직 구도와 세상을 향한 작품
창작만이 화두가 됐을 것이다.

우주의 바탕인 진공眞空에 무한한 점, 선을 그린 김환기의
작품이 또 다른 불교의 선화라면 비디오아트로 세계의 명성을
얻은 백남준은 고정관념을 부순 금강경의 '무유정법'을
작품으로 구현했고, 장욱진은 인류의 원초문화를 바탕으로
천년의 고려 불화, 민화와 산수화, 근대미술의 아버지인
인상파를 비롯 현란한 야수파 고흐와 피카소의 작품을
소화시키고 녹여냈다고 본다.

장욱진은 수도승이 평생 수행에 몰두해 견성오도見性悟道의
깨달음을 얻고 중생구제에 나서듯이 그림을 통해 도를 깨닫고
하늘 인간 동식물간의 소통 내지는 하나가 되는 놀이를
완성했다. 이것이 화엄세계와 화광동진이 아니고 무엇이겠는가.

작가가 그린 유채 외에 수많은 색연필화 묵화는 누구를
의식하지 않고 오직 자신의 내면을 위해 그린 것이다. 마치

피카소가 다양하고 분방한 작업을 했듯이 작가도 먹과
연필만을 가지고 즉석 스케치와 직관적인 그림을 그렸다.
어디에도 걸리지 않고 무엇을 의식하지 않는 자유인의 달관을
엿볼 수 있다.

그래서 완성도가 높은 유채화에 비해 동화적인 요소도
있고 졸작으로 여길만큼 단순한 그림도 많은데, 그의 삶과
작품이 하나라는 것을 보여준 것으로 문명의 때가 묻지 않는
원시자연의 순수한 어린이같은 세계를 보여준다. 이러한 성향은
이중섭의 물가에서 노는 어린이와 게 그림 같은 자연주의
작품과 닮아있다.

특히 먹그림은 불교 선화의 특징을 재현한 것으로 작가의
심경과 정신세계를 표현했다고 해도 무방하다. 따라서 작가에게
있어서는 인상파를 닮은 원색의 유채화나 색깔이 없는 묵화와
어린이의 그림 같은 도로잉도 매한가지로 나타난다.

어떤 것을 취사선택해도 관계없이 하나라고 말하지만,
관객과 소장자의 입장에서는 간결한 것보다 다양한 작품이 좋고
색깔이 없는 무채색보다 화려한 유채색이 좋은 차별적인 시각이
존재한다. 말하자면 작가는 본질을 말하지만, 관객은 나타난
작품의 현상만 쳐다보게 되는 것이다.

장욱진의 그림과 작품 정신은 김환기 박수근 이중섭 백남준

등과 같이 근대 한국미술을 세계에 빛낸 불멸의 금자탑으로
남아 미술 애호가는 물론 일반 시민들에게 깊은 감동과 울림의
예술로 전해지고 있다.

＊

희망의 새 천년을 위하여

　새 천년맞이 잔치 준비가 한창이다. 세계의 중요 도시마다 뉴밀레니엄 축제가 엄청난 규모로 벌어질 전망이고, 연말연시의 항공 티켓이 몇 개월 전부터 동이 날 정도로 지구촌 여행객들의 이동이 사상 최대가 될 것이라 한다. 서양에서 새 천년 행사를 거창하게 벌이는 것은 무엇 때문일까? 기독교의 천년 왕국설에 근거하는 것이다.

　우리가 기독교라 하면 한국의 기독교를 연상하여 획일적이고 단순한 것으로 생각하지만 사실은 그렇지 않다. 오늘의 기독교를 낳은 유태교가 있고 사촌격인 이슬람교가 있으며, 구교인 가톨릭, 영국 국교인 성공회, 동구권의 러시아 정교회 등이 있으며, 또 여기서 지역과 문화, 민족과 시대에 따라 복잡한 교파가 파생되었다.

　공통점이 있다면 하나의 신을 믿는 일신교一神敎라는 점이다. 하나의 신을 두고 민족과 지역, 시대에 따라 이름이 다르고 해석이 다른 것은 아무리 종교적인 절대가치라 할지라도 인간의 범주를 넘어설 수 없기 때문이다. 그러니까 하나의 신으로 출발했으나 천차만별의 인간과 자연 세계 속에서 유일신도 그만큼 많은 다양한 모습과 색깔로 다가오는 것이 아닐까?

신은 만물을 창조한 소수이나 그 만물을 변화시키고 발전시킨 것은 다수의 인간이라고 볼 때, 나는 창조와 진화론이 유일신과 범신론 사상이 결코 대립되거나 반대되는 개념이 아닌 상호 보완이요, 융합의 관계라 본다.

그러나 서구의 이원론 고정 관념으로는 한계가 있으며 동양의 일원론으로서 만이 이해가 가능하고 대립을 지양할 수 있다고 본다.

불교에서 궁극적 진리를 표현할 때 원융무애圓融無礙라거나 비일비이非一非異라고 하는 것은 인간을 포함한 이 세계를 있는 그대로 보고 포용, 융합의 원리로 파악하는 까닭이다.

새 천년. 우리 말로 '즈믄 해'는 어떤 의미가 있으며, 어떻게 맞이해야 할까?

몇 해 전부터 노스트라다무스의 1999년 대재앙설이 파다하게 퍼졌고, 기독교 광신도들 사이에는 휴거니 말세니 하면서 사회적인 물의를 빚을 정도로 소동이 많았으나 정작 1999년 연말연시는 평온하게 지나가고 있다.

그렇지만 휴거 소동은 한국인의 일부 기독교인들에게만

있는 것은 아니다. 보도에 의하면 거의 대다수 서구인들은
20세기 말과 21세기 초를 전후해서 인류와 지구, 우주와
자연에 대변화가 온다고 굳게 믿는다고 하며 동양. 특히
우리나라에서도 예로부터 천지개벽이니 미륵불 출현을
이야기해 왔다.

　다만 다른 점이 있다면 서양에서는 지구와 인류의 종말로
보고 동양에서는 시작으로 본다는 점이다. 새로운 천년이
열리게 되면서 묵은 해는 신의 심판을 거친다는 것이라면,
동양에서는 신의 의미를 어떤 원리나 진리를 상징한다고 볼
때 생물이 죽고 사는 물리적인 심판이 아니라 인간과 세계를
어지럽히는 사악한 마음과 환경이 바뀌어서 깨끗한 마음자리를
찾게 되어 생명과 환경이 조화를 이루는 새 세상이 열리리라는
점이다.

우주의 시간, 인간의 시간

　불교에서는 새 천년의 의미를 어떻게 보고 있을까?

　먼저 불교의 시간관념은 어떤 것인가 알아보자. 불교의
시간·공간 개념은 평소 우리가 알고 있는 시간·공간이
아니라는 것을 알 필요가 있다.

　힌두교 불교에서는 가장 짧은 시간 단위를 찰나라 하고 눈

깜박할 사이인 1찰나가 0.075초, 가장 긴 시간 단위는 겁이라 하며 4억 3천만 년을 1소겁, 20소겁을 1중겁, 20중겁을 1대겁, 곧 아승지겁이라 하는데, 우주가 생겼다가 없어지는 시간이니 무량겁이라고도 한다.

인간에게는 생노병사生老病死가, 인간 마음과 사회에는 생주이멸生住異滅이, 우주는 성주괴공成住壞空이 있어 커다란 바퀴처럼 한없이 돌고 도니 윤회의 법칙이라 한다.

현대인들이 너무 물질적인 현실주의를 신봉하다보니 불교의 삼생인과론과 윤회론을 잘 믿지 않는데, 티베트 불교의 세계화와 물리학·천문학 같은 첨단과학으로 불교 학설이 단지 특정 종교의 교리를 넘어서서 현대과학과 가장 가까운 진리임이 증명되고 있다.

가톨릭이 절대권력이던 중세 때만 하더라도 광대무변한 우주 속에 지구만이 유일하게 생명체가 존재한다는 지구 창조설과, 지구는 움직이지 않고 태양만 움직인다는 천동설天動說. 인간 운영을 결정하는 것은 지구가 아닌 태양신이고대에는 태양을 유일신이라 믿음 조물주라고 맹신했다.

현대과학에서는 태양이나 지구도 우주상의 작은 별에 불과하며 빅뱅으로 생겨났고, 생명의 기원도 본래부터 어떤 창조신이 인위적으로 만든 것이 아닌 티끌보다 작은 생명체,

박테리아, 미립자들이 모여서 생물이 자연발생적으로 생겼다는 것이 정설로 되어 있다. 불교의 윤회, 끝없는 변화는 진보의 원리이고 인연인과는 홀로가 아닌 더불어 상대성 원리인 것이다.

아인슈타인도 알지 못했던 허블망원경의 발명으로 우리 태양계와 그를 둘러싸고 있는 은하계가 무한정 많고 다른 은하계가 수억이 넘으며, 그런 은하계가 우주 공간 속에 끝도 없이 펼쳐져 있음을 알게 되었다. 인류 역사를 바꿔 놓은 위대한 과학의 힘이고 경천동지驚天動地할 만한 인간의 지혜가 초자연적인 신의 영역을 파헤치고 있으니 경이가 아니고 무엇인가?

불교의 삼천대천세계설의 공간 개념과 찰나, 무량겁無量劫의 시간 개념은 십여년 전에 조경철 박사가 현대 천문학과 거의 유사하다고 발표한 적이 있다.

우주의 시간을 광속. 불교 용어로 겁에 비하면 인간의 시간은 한평생이라도 백년을 넘지 못하고, 문자화한 인간의 문명 역사는 겨우 5~6천년 밖에 되지 않는다.

천년만에 맞이하는 새 천년이란 지구 나이에 견주어서도 찰나요, 우주 시간에 비하면 눈 깜짝할 시간도 못 된다. 이렇게 짧고 허망한 순간을 두고 인간들이 새 천년 축제를 벌이는 것은

희망의 새천년을 위하여

마치 한여름의 매미가 7년 동안 굼벵이로 있다가 깨어나서
겨우 며칠 동안 환희의 송가를 부르는 것과 같고, 하루살이가
하루밖에 살지 못하면서 소리내어 맴맴 머리 위를 맴도는 것과
같다.

그러나 몸뚱이를 가지고 있는 순간은 어디까지나
현실이므로 육체의 한계를 벗어나서 인간 세상이 존재하지
않으므로 주어진 짧은 시간이지만 현실에 충실해야 한다는
당위성도 중요하다.

왜냐하면 현생을 벗어난 과거 · 미래도 없으며. 현생을
중심으로 과거 · 미래의 삶이 엮어지기 때문이다.

나의 육신은 짧은 시간을 살지만 나의 정신은 영원히 긴
시간을 살아간다는 진리를 깨닫고 불자들은 새 천년을 겸허하게
새로운 마음 자세로 맞이해야 한다.

새 천년은 그냥 앉아서 오지 않는다. 이미 세계는 인구
폭발과 식량을 비롯한 물, 연료 등 천연자원이 고갈되고
있으며 유전자 조작은 축복이 아니면 대재앙이 될 것이고,
오존층 파괴와 이상기후로 인한 폭우, 폭설, 폭풍, 지진, 해일의
삼재팔난三災八難이 끊이지 않으며 핵전쟁의 위협과 새 질병들이
인류 생존을 어렵게 하고 있다.

그리고 컴퓨터와 생명공학은 과거 세기와 완전히 다른

신문명사회를 열어갈 것이다. 요컨대 묵은 천년의 낡은 관습을 떠나보내고 새 천년 호에 동승해서 21세기 인간으로 살아가야 하는 불안과 과제를 동시에 안고 있다.

연말연시에는 지리산 천왕봉이나 제주도 성산포 혹은 동해안에서 일출을 바라보거나 갠지스 강가에서, 히말라야 중턱에서 명상에 잠겨보는 것도 좋고, 아니면 집안에서 차 한 잔 마시면서 즈믄해를 맞이하는 것도 나쁘지 않을 것이다.

특히 사회를 이끌어 갈 한국 불교 집단이 역사 발전에 오히려 장애가 되고 있음을 역력히 보여준 지난날의 행태는 불교인들에게 더욱 큰 자성과 회한을 불러일으켰음을 명심하고, 현실의 충실과 아울러 잘못된 과거 청산, 미래의 희망을 이루어야 한다.

*

영원한 길마재의 신화

– 서정주 시인을 추모하며

한국문학의 큰 산맥이요, 민족시인인 미당 서정주 선생의 입적寂 소식이 전해졌다.

새해를 얼마 앞둔 2천 년이 저물어가던 때 병원에서 유명을 달리하셨는데, 아들이 있는 미국으로 떠난다는 보도를 몇 달 전에 접한 나로서는 뜻밖이었다.

사실 구순을 바라보는 연로한 시인이 조국을 떠나 이역만리에서 여생을 보낸다는 자체가 슬픈 일이었다.

평생 해로한 방여사가 돌아가시고 난 다음 마음 붙일 곳이 없는 외로운 선생이 자식이 있는 곳으로 가시는 것은 혈연의 정리상 어쩔 수 없는 것이므로 탓할 바가 아니로되, 문학 예술인 등이나 일반 국민들은 무언가 허전한 심정이었다.

선생은 말년에 평생 사랑하던 고향 고창 질마재에 돌아가기를 원했으나 친일과 5공 찬양 행적 때문에 고향 사람들이 반기지 않아 돌아갈 수가 없었다.

이제 선생이 염원하던 신라의 하늘인 도솔천에 영혼이 머무르고 육신은 고향 선영에 묻히게 되었으니 선생과 고향 사람들의 화해가 이루어졌다고 믿는다.

생각해보면 선생의 일생은 한국의 근대사만큼 파란곡절과 사건이 많았다.

고향을 떠나 서울에서 궁핍하고 고단한 삶을 살았다.

동국대 전신인 불교전문학교의 박한영 스님으로부터 한학과 불교학을 어렵게 배우고— '벽'이 동아일보 신춘문예에 당선된 뒤 60년 동안 많은 작품을 발표했으며 그때마다 숱한 화제와 논란을 불러일으켰다.

선생은 중앙대 국문학과 전신인 서라벌 예술대와 동국대 국문학과를 통해 수많은 제자들을 길러내었다. 1950, 60, 70년대 시인중 절반이 선생의 문하생이라는 말이 있을 정도였고, 한국의 대표 시인이라는 고은 시인도 그분의 50년대 제자이다.

선생의 명성과 업적과 과오를 추리면 대략 다음과 같지 않을까.

— 선생은 모국어를 빛내고 세계에 알린 민족 시인이자 세계 시인이다. 그분의 독특한 언어는 어릴 때 익힌 전라도 토속어의 원형을 고스란히 간직함으로써 한국인의 정서를 가장 아름답게

표현하는 시인이라는 평가를 받는다.

　　문단 데뷔 작품인 보들레르풍의 관능적인 화사집으로부터
'신라 초의 동천' '귀촉도' '국화 옆에서' '서운사 동백꽃' '질마재'
'산시' '푸르른 날'에 나타나는 모든 작품들은 한국적 정서가
사무치게 베인 정과 한, 초월과 달관의 세계를 그만의 언어로
노래했다.

　　라이벌 관계인 일본이 몇 번의 노벨 문학 수상자를
배출했음에 자극받았는지 알 수 없으나 한국 문단의 최대
과제가 노벨 문학상 수상이라고 본다면 한국의 최대 후보자는
다름 아닌 선생으로 그만큼 선생의 작품이 많이 번역되어
해외에 널리 유포되었을 것이다.

　　비쩍 마른 촌로를 연상시키는 질박한 풍모의 선생의
의뭉스런 해학과 은유, 정감이 넘치면서 직관이 번득이는
구수한 말솜씨가 일품이었고 기교나 형식을 중시하는 현대
시와는 달리 정신과 내용이 풍부하고 윤택한 동양적 고전
시인이었다.

　　내 생각으로는 선생은 시성 두보와 왕유에 비교되고
김소월을 잇는 순수 민족 서정 시인으로서 자리매김할 수 있지
않을까 한다.

　　일제치하, 해방, 분단의 암울한 시기를 거치면서 한국의

많은 명망가들이 그러했듯이 선생도 일제를 찬양하는 친일 시를 발표함으로써 친일 시인이라는 오명을 남기게 된다.

그리고 5공 시절 군사독재 지도자를 찬양하는 시를 발표함으로써 또 한번 역사적인 과오를 남긴다.

80년대 민주화 투쟁 때 현실참여 문학인들의 표적이 되어 혹독한 비판을 받기에 이른 선생은 친일행적을 드러내어 반성한 적이 있을만큼 고뇌의 시간을 보내었다.

작게 보면 어려운 시대를 살았던 지식인들과 예술가 개개인의 허물임이 분명하지만 크게 보면 시대가 만들어낸 비극이요, 불행이다.

지난 시절 역사와 민족 앞에 떳떳할 수 있는 사회 지도층이 극소수였다고 할 때 선생은 그나마 개인 차원의 소극적인 입장 표명에 그쳤으니 불행 중 다행일 것이다.

오래 전 필자가 여러번 선생을 만나 이야기를 나누어봤으나 선생은 조치훈 시인류의 지사형이나 김남주 시인류의 혁명가 타입이 아닌 인간과 예술을 사랑하는 소박한 시인일 뿐이었다. 이 땅의 많은 시인, 예술가들이 그러하듯이 말이다.

그분은 존경받는 시인이기보다 연인으로부터 사랑받는 시인인 것이다.

물론 선생의 한국 문학사에 차지하는 비중이 높은 만큼

비난과 찬사를 한몸에 받는 것을 당연한 일이다.

딱 부러지게 거절하지 못하는 고운 마음씨가 현실에서는 먹히지 않아 외면당할 수 있는 것을 선생은 알지 못할 만큼 현실에 어둡고 순수한 것이 죄라면 죄였으나—선생은 현실 계산에 밝은 영악한 기회주의자는 결코 아니었다.

한국의 시성, 시의 나라 족장이라 불릴만큼 최고의 존칭과 애칭을 받았던 선생은 마지막 유언 "괜찮다"는 한마디 말을 남기고 질마재의 신화 속으로 영원히 잠들었다.

시가 신화와 상징을 창조하는 언어가 아니라 역사와 현실을 만든다는 사실주의, 현실 참여 문학인들의 목소리가 투쟁성을 띠면서 선생이 말년에 염려한 시예술의 원형이 사라질까 두렵다.

마지막으로 꽃상여 타고 가시는 길에 기원 드린다.

선생이여! 부디 사랑과 미움이 없는 저세상에서 길이 잠드소서. 신라의 하늘 도솔천에서 새 삶을 누리소서.

*

추억은 아름답다

　　나이 오십을 넘기고부터 부쩍 지난 날의 추억이 그리워진다.
살아온 과거보다 미래의 살 날이 짧아진 때문일까?

　　오색무지개의 봄날은 가고 황혼의 가을날이 깊어지면서
가끔 저세상 꿈을 꾼다. 아니 현실에 대한 기대나 희망보다는
좌절과 실망이 희색빛으로 나타나는지 모른다.

　　세상의 허다한 죽음을 보면서 나의 죽음을 생각해 본다.
매일 새 생명이 탄생하고 매일 육신을 가진 생명들이 사라진다.
순환의 원리이고 윤회의 법칙이다.

　　이제는 삶의 애착보다 윤회의 해탈을 꿈꿀 때가 됐다.
그래서인지 생시나 꿈속에서 어릴적 친구들이 그립고 환영이
나타난다.

　　부산 수정동 경남여고를 중심 무대로 삼았던 개구쟁이
친구들 박수철, 김상근, 서옥자, 최미령이 생각난다.

　　수철이는 당시 아버지가 역장이었고, 누님이 스튜어디스로
멋쟁이 집안이었다 .

상근이는 아버지가 야당국회의원으로 올곧은 선비형이었고
옥자는 나보다 몇 살 위인 상급반으로, 우리집 독채에 전세를
살았다. 8형제 중 가장 마음이 따뜻한 여학생이었고 미령이는
나의 부모와 오랜 친구 집안의 딸로서 초등학교 내내 전교
일등이었다.

동네 사랑방이기도 했던 나의 집은 동네 어른들이 모이는
장소로 바둑이나 장기 계모임을 하면서 환담을 나누는
곳이었다. 가족에게는 냉정하리만치 엄격한 아버지였으나
동네에서는 후덕하게 평판이 나있어 늘 사람들로 북적거렸다.

뒷집의 목수 장씨, 청과조합장 강씨, 옆집 목재소의 안씨,
길 건너 집의 국회의원으로 넉넉지 못해 방앗간을 운영한 김모
의원댁, 알미늄그릇공장 양재기 사장댁, 철도역장댁 아버지가
고향 형님이라고 깍듯이 대하던 울산한의원 윤원장, 짐수레를
끌면서 잘 생긴 아들을 대학까지 시킨 정씨 아저씨, 집 위쪽으로
추교장댁, 모 경찰서 과장댁은 나의 집과 가까운 탓에 늘 대하는
이웃이었고, 모두 부모와 친한 분들이었다.

그밖에 원근에서 친척들이나 아버지의 오랜 친구들이
모여들었다. 우리 꼬마 친구들은 학교를 갔다오기 바쁘게
책가방을 던지고 구슬치기에 딱지 따먹기, 자치기, 공놀이를
하기에 바빴다. 여학교에서 숨바꼭질을 하다가 관리인에게 늘

혼이 나고 운동장에서 굴렁쇠 놀이하며 겨울날 응달진 학교 뒷마당에서 스케이트와 팽이치기를 하다가 선생님들에게 붙잡혀 혼이 난 적도 많았다.

1950년대의 어둡고 궁핍한 시절에도 우리 꼬마들은 용감무雙했다. 세상 물정 모르고 마음껏 뛰어 놀았으니 말이다. 학교 부근의 오래된 공동묘지와 고아원은 놀이터였고, 집 앞 큰길은 마당이었다.

여름이면 수원지와 뒷동산에 가서 놀았고 겨울에는 도로에서 눈사람을 만들며 눈싸움을 즐겼다. 그때 겨울은 얼마나 추웠는지 한겨울 나기가 고통스러웠다. 십구공탄에 불붙이는 일도 여간 힘들지 않았다. 밥해 먹고 방에 군불 지피는 것으로 많은 시간을 보내야 했다.

그래도 나의 집과 동네 사람들, 토박이들은 사정이 훨씬 좋았으나 산복도로 이북 피난민들의 생활은 판잣집에 천막촌이니 비참했다. 기이한 것은 반장 부반장은 모두 피난민의 자녀들이 도맡았다. 그때는 너무 어려 피난민의 고향을 알지 못했다.

그 후 중학교를 다니다가 가출한 것이 빌미가 되어 절에 들어갔다. 불심이 돈독한 어머니를 찾기 위해 삼십 리를 걸어서 외갓집을 찾고, 어머니의 인도로 절에 들어갔다.

무섭던 아버지는 돌아가시고 손위 형에 이끌려 절에서
내려와 학교에 복학했으나 한참 후에 다시 도주해서 유명한
큰스님이 계시던 절에 들어갔다. 그 후부터 현재까지 산문은
나의 고향이고 삶의 터전이 되었다.

스무 살이 되기 전 많은 추억이 있다. 김천에 가서 반년을
보내며 유치원 원장 수녀에게서 피아노를 배우고 친교를
갖던 일, 경북의 오지인 사찰에서 3년간 공부를 하면서 도시
사람들과 시골 사람들을 만나던 것 하며, 17세의 충청도 시골
아가씨와 여름밤의 순정을 나누던 추억과 이십대 중반 제주도에
건너가 먹을 것이 별로 없던 암자에서 겨울 바람을 맞으며
지내다가 신도네 집에 초대받아 청순한 여고생을 만난 일은
평생 잊혀지지 않는다.

스무 살이 넘어 경전공부를 대충마치고 서울에 올라가
대학 진학을 위해 머물렸던 절은 나의 서울 생활을 결정짓게
만들었다.

나는 그 뒤 봉은사, 흥국사, 선학원 등지로 옮겨 다니면서
공부를 계속했으나 운명적인 방랑생활로 한곳에 정착 못 하고
몸과 마음이 말할 수 없이 허약해졌다. 예나 지금이나 절집이
크게 보면 공동체 사회인데, 실제로는 개인주의와 파벌주의가
지배하고 있어 저항적인 나의 성격으로는 현실과 타협을 몰라

늘 고독하고 소외된 구도자로 남았다.

강한 자와 세력에 잘 붙고 줄 잘 서야 출세하고 성공의 삶이 보장되는데, 나는 그렇지 못했다. 그런 관행은 승속이 똑같다고 생각한다. 그러나 나는 결코 고독하지 않았다. 어릴 때 동네 어른들의 수많은 칭송과 따뜻한 사랑이 있었고 청마 선생, 조지훈 시인, 대배우 김승호, 나애심 등 유명 가수 작곡가를 만났으며, 소설가 유주현과 언론인 오종식, 최일남 씨와 만났다.

팔도강산을 방랑, 운수행각을 하면서 숱한 선지식 고승들을 만나 불법과 인생에 대하여 문답했다.

세상을 알만큼 된 나이 삼십대에는 서정주 김동리 박목월 구상 시인을 만났고, 장관 국회의원 기업인 신문사주 댁에 가서 상류층 생활을 눈여겨 보았다.

특히 경주 남산의 작은 암자에서 부산 경남의 문인들, 예술가들과의 친교는 폭넓은 시각을 갖게 해주었다.

유신독재정권 시절 암울한 서울의 여름에서 양희은의 '아침이슬'을 듣고 혼이 곤두서는 놀라움을 경험했고, 1980년대 중반 야당 총재이던 김영삼 김대중 씨와 시국담을 나누며 나라를 걱정했던 일도 새롭다.

30여 년 동안 민주화 통일운동의 사회참여를 통해 수많은 인간 군상을 만나본 것은 잊을 수 없는 인연이다. 문익환 목사와

추억은 아름답다

환담하던 일, 백기완 선생댁에서 민주 인사들과 대화를 나누던 일이며 재야 인사들, 언론인, 목사, 신부들과 장시간 토론했던 일도 추억으로 남아 있다.

외국 여행이 돈 있고 힘 있는 상류층의 전유물로만 알았다가 중국과 수교 직전 장기간 중국을 단체로 돌아보고난 뒤 외국여행은 시간과 돈이 남아돌아서가 아닌 용기와 모험을 할 각오가 서 있으면 가능하다고 깨달았다.

20여 년간 큰 돈 들이지 않고 여러 대륙을 배낭여행하며 만났던, 많은 사람들이 그립고 이국적인 풍물이 정겨운 추억으로 남았다. 나는 요즘 지난날을 회상하면서 어떻게 내 인생을 회향할 것인가 하고 부쩍 생각하는 횟수가 늘었다.

산중 시골에 가서 농사짓고 참선 염불하면서 남은 인생을 보낼까,

오갈 데 없는 소외된 이웃들과 함께 공동체 생활을 꾸려볼까, 이것 저것도 아니면, 넓은 만주땅에 가서 그곳 동포들과 함께 지낼까 궁리를 해본다.

어차피 인생은 한편의 연극이고 꿈이며, '일기일회一期一會'의 인연이 아닐까. 그래서 지나간 추억은 더 아름다운지 모른다.

*

소암 수필집

그리운 차벗들

초판 인쇄 2019년 6월 15일
초판 발행 2018년 6월 20일

윤소암 지음
홍철부 펴냄

펴낸곳 문지사
등록 제25100!2002!000038호
주소 서울특별시 은평구 갈현로 312
전화 02)386-8451/2
팩스 02)386-8453

ISBN 978-89-8308-545-0 (03810)

값 14,000원